Thomas Burg

Das Geheimnis der Zitadelle

Ein Middle-East Krimi

„Sapere aude!" - „Habe Mut, dich deines eigenen Verstandes zu bedienen!" (Immanuel Kant, 1784)

Für Vincent, dem Sonnenschein meines Lebens.

Dieses Buch ist den zahllosen Menschen gewidmet, die in ihren Heimatländern jeden Tag Terror und Krieg ertragen müssen, oder davor auf der Flucht sind.

Artikel 1 des Grundgesetzes für die Bundesrepublik Deutschland

(1) Die Würde des Menschen ist unantastbar. Sie zu achten und zu schützen ist Verpflichtung aller staatlichen Gewalt.

(2) Das deutsche Volk bekennt sich darum zu unverletzlichen und unveräußerlichen Menschenrechten als Grundlage jeder menschlichen Gemeinschaft, des Friedens und der Gerechtigkeit in der Welt.

Bibliografische Information der Deutschen Nationalbibliothek

Die Deutsche Nationalbibliothek verzeichnet diese Publikation in der Deutschen Nationalbibliografie; detaillierte bibliografische Daten sind im Internet über http://dnb.dnb.de abrufbar.

»Das Geheimnis der Zitadelle«

© 2015 Thomas Burg

Darmstadt 2017, V7

Herstellung und Verlag

BoD – Books on Demand, Norderstedt

Coverbild © by fotolia

ISBN: 9783738652895

Personenliste

Vincent Graf von Löwenstein – Altertumsforscher und Ermittler wider Willen

Fredrick McLeod – sein treuer Butler

Austeja Simonaityté – litauische Pianospielerin im Hotel *Divan*

Dr. Nojus Simonaitis – litauischer Virologe, Vater von Austeja

Dr. Ian Sinclair – Vorstandsvorsitzender der DSEE

Mustafa Omar – Berater des kurdischen Präsidenten

Dr. Karwen Ayami – kurdischer Arzt

Karte Autonome Region Kurdistan

——— Grenzen seit 2005

------ unter kurdischer Kontrolle

⟶ Vormarsch der ISIS

Intro

Erbil, Autonome Region Kurdistan

Die Hitze im Raum war unerträglich. Sie war am Ende ihrer Kräfte. Die hübsche, junge Frau hatte sich gewehrt, so lange es ihre Kraft zuließ. Der Schweiß lief ihr, wegen der Hitze und der Anstrengung gegen die Wirkung der Droge anzukämpfen, in Strömen über das Gesicht. Trotz der Torturen sah man ihr immer noch ihre außergewöhnliche Schönheit an. Der uniformierte Mann, der sie verhörte, hatte ihr immer wieder mit der flachen Hand in ihr Gesicht geschlagen. Ihre Ohren dröhnten und vereinzelt waren Blutspritzer auf ihr helles Sommerkleid gespritzt. Das Kleid war nur noch ein zerfetzter, schmutziger Lumpen. Der Abend, der so nach ihrer Vorstellung begonnen hatte, war nun zu ihrem größten Alptraum geworden. Die Hoffnung unbeschadet aus dieser Situation herauszukommen hatte sie schon lange aufgegeben. Sie war bereit, sich ihrem unvermeidlichen Schicksal zu fügen.

Der Schrecken stand ihr im Gesicht, als sie den Anführer der Söldnertruppe erblickte. Der bärtige Mann hatte sich die ganze Zeit über im Halbdunkel des Raumes verborgen. Er hatte grausame Augen, die sie mitleidslos und voller Verachtung anblickten. Es waren die kalten Augen eines Menschen ohne Seele und ohne jedes Mitgefühl. Er legte keinen Wert mehr darauf seine Identität vor ihr zu verbergen. Selbst in ihrem benebelten Zustand war ihr klar, dass sie den Raum nicht mehr lebend verlassen würde. Ihr einziger Wunsch war nicht lange Leiden zu müssen. Sie wusste wie grausam die Anhänger dieser fanatischen Gruppe mit ihren Gefangenen, besonders mit den weiblichen, umgingen. Todesangst durchströmte jede Faser ihres gepeinigten Körpers.

Der Anführer brummte auf arabisch einen Befehl. Einer der beiden Schergen schob ihr daraufhin ein schmutziges Stück Stoff, als Knebel, in den Mund. Nur mit Mühe konnte sie den Würgereflex unterdrücken. Der bärtige Mann trat vor sie und streichelte über ihre Wange. Seine Hand wanderte von ihrem Kopf bis zu ihrem Busen, den er fest in seine Hand nahm. Sie stöhnte vor Schmerz auf. Er genoss es sichtlich, ihr weh zu tun.

„Welch eine Verschwendung für so ein hübsches Ding.", sagte er zu ihr auf englisch. „Ihr könntet meinen Männern eine gute Dienerin sein und sie für ihren mutigen Kampf gegen die Ungläubigen belohnen." Das Scheusal gab ihr mit aller Kraft eine Ohrfeige, dass sie mitsamt dem Stuhl umkippte und hart auf dem Boden aufschlug. Tränen flossen aus ihren Augen und tropften auf den staubigen Boden. Ihr letzter Gedanke gehörte ihrem Vater, bevor sie das Bewusstsein verlor. Ihre Schmerzen ließen nach und Dunkelheit empfing sie.

Kapitel 1

Darmstadt, Deutschland.

Die Sonne schien hell in die Ecke seines Schlafzimmers, als er die Augen kurz öffnete und die vertrauten Schritte seines Butlers auf dem Flur vernahm. Es war 8:30 Uhr, Fredrick war pünktlich wie jeden Tag. Mit einem Klopfen an der Tür machte sich der Butler bemerkbar.

„Es ist Zeit aufzustehen, Sir.", hörte er ihn durch die Tür rufen. Mürrisch vergrub er seinen Kopf in das Kissen.

„Jaaaaaa, ich stehe ja schon auf Fredrick." Der junge Mann im Bett hatte keine Lust aufzustehen, es war mal wieder einer dieser Tage. In letzter Zeit gab es nichts zu tun, was seinen Geist gefordert hatte. Die daraus resultierende Langeweile schlug ihm auf sein Gemüt.

Er öffnete widerwillig die Augen und blickte auf die Außenmauern seines Schlafzimmers. Die dicken, grauen Steinmauern erinnerten ihn immer wieder daran, dass er auf einer Burg lebte. Burg Löwenstein diente seit vielen Generationen als Stammsitz seiner Familie.

Die Burg war im späten 12. Jahrhundert erbaut worden. Es war eine der wenigen gut erhaltenen Anlagen, die die vielen, zum Teil kriegerischen Perioden der Geschichte, unbeschadet überstanden hatte. Burg Löwenstein war eine auf massivem Fels gebaute Höhenburg. Sie lag am nördlichen Ausläufer der Bergstraße, südlich von der hessischen Stadt Darmstadt. Das schwere Eingangstor aus massiver Eiche konnte man nur über eine alte Zugbrücke erreichen. Von außen sah sie für Besucher genau so aus, wie man sich eine

Burg aus dem Mittelalter vorstellte. Alt, verwittert, mit grünen Efeuranken bewachsen und aus behauenen Steinen erbaut, auf denen an manchen Stellen dunkelgrünes, feuchtes Moos wuchs.

Die Einrichtung bestand aus klassischen Möbeln, geschmackvollen Kunststücken und alten Artefakten aus aller Herren Länder. An der Kaminwand hing ein Wandteppich, auf dem das Wappen der Familie in prachtvollen Farben eingewebt war. Die technische Einrichtung war in allen Belangen auf dem neusten Stand. Küche, Bad, Medienraum sowie die Ausstattung des persönlichen Arbeitszimmers des Burgherrn ließen keine Wünsche nach Komfort offen. Aus praktischen Erwägungen war sein Arbeitsplatz direkt in seiner Bibliothek. Es gab Bibliotheken, die schlechter ausgestattet waren als die auf Burg Löwenstein. In den Regalen, die bis unter die Decke des 6 Meter hohen Saales reichten, wurden Bücher aus den verschiedenen Jahrhunderten und in mehreren Sprachen aufbewahrt. Von Löwenstein war der pflegliche Umgang mit Büchern von seiner Mutter vererbt worden. Niemals würde er ein Buch nicht mit dem gebührenden Respekt behandeln. Er hatte immer ein Lesezeichen zur Hand und empfand Eselsohren geradezu als Frevel. In der Bibliothek gab es zwei mannshohe Fenster, die den großen Raum mit ausreichend Tageslicht versorgten.

Sein antiker Schreibtisch, aus rotbraunem Kirschholz, war riesig und erlaubte ihm neben seinem Monitor und der Tastatur, links und rechts hohe Bücherberge zu plazieren. Vincent las immer in mehreren Bücher gleichzeitig. Rechts neben seinem Bildschirm stand eine Banker-Desklamp mit dem typischen, hellgrünen Glasschirm und einem soliden Messingfuß.

Nachdem er sich angezogen hatte, ging er über die Galerie hinunter. Wie jeden Morgen nahm er an dem liebevoll gedeckten Frühstückstisch vor der großen Fensterfront im Kaminzimmer Platz. Der Tisch war gedeckt mit edlem Geschirr von *Rosenthal* und altem Silberbesteck von *Thomas Bradbury & Sons*, beides mit dem alten Wappen der Familie versehen. Neben diesem wahrlich noblen Gedeck stand seine Tasse, aus der er seinen morgendlichen Kakao trank. Die Tasse schmückte ein Bild mit dem Comic Kater *Garfield*. Von den früher einmal existierenden Henkeln, war einer bereits abgebrochen. Auf der Rückseite stand ein Schriftzug, »*Eigentlich könnte ich jetzt etwas trainieren - hab sowieso schon schlechte Laune*«. Die Tasse passte auf den stilvoll gedeckten Tisch genauso wie ein tattoowierter 8oer Jahre Punk mit Irokesenfrisur in eine Vorstandssitzung der *Deutschen Bank* in Frankfurt. Den jungen Mann störte das nicht. Es war nun mal seine Lieblingstasse. Sicher, er mochte den Luxus, den sein Lebensstil ihm bot, er war in den Wohlstand hineingeboren. Aber er war sich bewusst, dass es bei weitem wichtigeres im Leben gab.

Sein Blick streifte das große Ölgemälde, das seine Eltern zeigte. Die beiden sahen auf dem Bild so glücklich, so zufrieden aus. Seine Eltern hatten sich immer liebevoll um ihn, ihren einzigen Sohn, gekümmert. Manchmal dachte er, sie hätten es geahnt, dass ihnen als Familie nicht viel Zeit zusammen vergönnt sein würde. Gedankenverloren sah er auf die rote Couch im großen Saal. Die Zeit schien auf einmal stehen geblieben zu sein. Ihm war als würde er seine Eltern darauf sitzen sehen, wie sie miteinander scherzten. Seine Mutter drehte sich zu ihm herum und er hörte sie sagen: „Vincent, komm zu uns mein Schatz." Sie streckte ihm ihre Hand entgegen. Die Hand, die ihn als Kind abends immer sanft über den Kopf gestreichelt hatte, nachdem sie ihn zu Bett gebracht hatte.

„Sir Vincent, möchten Sie noch etwas Kakao?" Die Stimme seines Butlers riss ihn aus seinem Tagtraum. Das Bild vor seinen Augen war erloschen. Immer noch etwas abwesend sah er auf seine Hand, die er in Richtung der Couch entgegengestreckt hatte. Ein Gefühl tiefster Leere überkam ihn, als ihm bewusst wurde, dass er die Hand seiner Mutter nie wieder spüren würde.

„Nein, ...nein danke sehr Fredrick.", antwortete er mit teilnahmsloser, monotoner Stimme. Sein Kinn auf die verschränkten Hände gestützt verlor sich sein Blick wieder in den im Wind wogenden Bäumen. Auch nach so vielen Jahren erfüllte ihn der Gedanke an den frühen Verlust seiner Eltern mit Trauer. Seit diesem tragischen Tag, an dem sie bei einem Flugzeugabsturz ums Leben gekommen waren, war er, Vincent Rolf Graf von Löwenstein, der Burgherr und Stammhalter des so ruhmreichen Namens.

Kapitel 2

Von Löwenstein war 1979, als einziges Kind von Johann und Susanne von Löwenstein geboren worden. Seine Vorfahren entstammten dem deutschen Uradel und waren in direkter Linie mit dem Geschlecht des hessischen Großherzogs verwandt. Dessen altes Schloss stand noch immer gegenüber dem historischen Rathaus, am Marktplatz der alten Residenzstadt Darmstadt. Vincent war ein bekennender Lokalpatriot.

Seine Eltern waren Aristokraten, die in ihrer Weltanschauung liberal gewesen waren. Fleiß, Pflichtbewusstsein und Gerechtigkeit, das waren die Eckpfeiler seiner Erziehung. Es viel ihm nicht immer leicht den starren Regeln der Aristokratie Folge zu leisten. Für Vincent war jeder Mensch, egal welcher Religion oder Hautfarbe, gleich. Der junge Graf hatte sich immer seine natürliche, hilfsbereite und herzliche Art bewahrt. Durch nichts konnte man sein frohes Gemüt erschüttern.

„Welche Garderobe wünschen Sie für die Reise, Sir?" Die Worte seines Butlers rissen Vincent aus seinen Gedanken. Seit er sich erinnern konnte, war Fredrick Teil seines Lebens gewesen.

Fredrick MacLeod, geboren auf Dunvegan Castle, dem Jahrhunderte alten Stammsitz des schottischen Clans der McLeods auf der Isle of Skye, war ein Butler der alten Schule. Er war ein großgewachsener, drahtiger Mann. Seine Gesichtszüge konnten die keltischen Vorfahren nicht verleugnen. Auch wenn er das 50. Lebensjahr bereits überschritten hatte konnte er sich noch immer auf seinen Körper und Geist verlassen. Als Sohn eines Offiziers ihrer Majestät, war er durch und durch ein disziplinierter Mann. Er war Ende der 60er Jahre im Orient, während sein Vater dort als Militärattaché der britischen Botschaft tätig war, aufgewachsen. Fredrick sprach fließend Arabisch und mehrere der lokalen Dialekte. Nach seinem verletzungsbedingten Ausscheiden aus dem Militärdienst hatte er sich für den Beruf des Butlers entschieden. Er verlor niemals, wirklich niemals seine Beherrschung und hatte bereits Vincents Eltern gedient. Trotz der großen Vertrautheit und emotionalen Nähe zu Vincent, achtete er immer peinlich genau auf eine gewisse Distanz zwischen ihnen beiden. Das war einer der Gründe warum ihm von Löwenstein auch nie dass »Sehr wohl, Sir.« abgewöhnen konnte. Er hatte es lange genug versucht, bereits in seiner Jugend als Fredrick ihn noch »Master Vincent« rief, jedoch ohne Erfolg. Gegen den schottischen Dickkopf kam er nicht an.

„Das übliche Fredrick. Packen Sie bitte alles ein, was ich für eine Woche im Irak benötige." Von Löwenstein hatte in der letzten Woche einen exklusiven, gutdotierten Beraterauftrag angenommen. Dr. Ian Sinclair, der CEO (Chief Executive Officer, der Vorstandsvorsitzende) von einem der weltweit größten Waffentechnik- und Energiekonzerne, der *DSEE (Defensive Systems & Energy Extraction),* hatte ihn nach London gebeten, um mit ihm persönlich die Details eines Übernahmeangebotes für die kurdische Regionalregierung auszuarbeiten. Die *DSEE* war bemüht den Zuschlag für die Erschließung der Erdölvorkommen, in der autonomen Region, im Norden des Irak, zu bekommen. Nicht alle Teile der Bevölkerung sahen das so optimistisch wie die Regierung und es würde seine Aufgabe sein, diese Zweifel zu beseitigen. Es herrschten im Moment unsichere Zeiten im Irak und zu oft waren die Kurden ein Spielball fremder Mächte gewesen. Es lagen schon viele Monate an Planungsarbeit hinter der *DSEE,* für die entscheidende Endphase hatte man nun von Löwenstein hinzugezogen. Dr. Sinclair wollte Graf von Löwenstein mit seinem guten Namen, den dieser als respektierter Altertumsforscher genoss, für positive Publicity benutzen. Seit dem Sturz *Saddam Husseins* 2003, waren die kurdischen Iraker bestrebt, einen eigenen Staat zu gründen. Auf Grund der gefundenen großen Ölvorkommen in dem Gebiet, gab es allerdings in der letzten Zeit Spannungen. Nicht zu vergessen, die ganzen ethnischen und religiösen Konflikte, die während *Saddams* Regime blutig niedergeschlagen wurden und jetzt nach vielen Jahren offen zu Tage traten. Einmal mehr machten sich erst viele Generationen später die Auswirkungen einer verfehlten Politik des Westens bemerkbar, die nach der Zerschlagung des osmanischen Reiches begangen worden waren. Der Bürgerkrieg in Syrien und der Machtzuwachs fundamentaler, gewaltbereiter Islamisten, in vielen Ländern des Middle-East, destabilisierte die Region in einem gefährlichen Ausmaß.

Von Löwensteins Aufgabe war es, mit seinen guten Beziehungen, die in der Bevölkerung aufkeimenden Widerstände gegen das Multi-Milliarden-Dollar-Projekt, den Wind aus den Segeln zu nehmen. Von Löwenstein war ein anerkannter Experte auf dem Gebiet der Burgenkunde und Altertumsforscher. Er war der jüngste, von einer Handvoll Spezialisten, auf diesem sehr anspruchsvollen Fachgebiet. Durch Investments in zivile Projekte, mit denen Teile des kulturellen Erbes der jeweiligen Länder erhalten werden sollten, versuchten große Konzerne Einfluss auf den Prozess der Meinungsbildung zu nehmen. Von Löwenstein war sich bewusst, dass man Kompromisse eingehen musste, wenn man gewillt war, bedeutende Altertümer für die Nachwelt zu erhalten. Für ihn war es sinnvoll eingesetztes Kapital, sozusagen eine Form von modernem Kultursponsoring.

Nach seinem Abitur, studierte Vincent in Deutschland, England und den USA und hatte mit 28 Jahren seinen Master Abschluss in Geschichte der Universität in Darmstadt in der Tasche. Von Löwenstein war ein Gentleman, der von Frauen ein äußerst charmantes Wesen attestiert bekam. Er war von durchschnittlicher Größe, schlank aber athletisch gebaut. Seine an den Seiten bereits leicht ergrauten Haare, verliehen ihm ein gewisses Maß an Reife. Er war immer gepflegt und neigte zu etwas übertriebener Eitelkeit. Der Graf hatte die angenehm zurückhaltende Art eines Aristokraten. Sein Humor war für Fredricks Geschmack manchmal »schwärzer« als man es von einem nicht Briten erwarten würde. Die wenigen Menschen, die ihn näher kannten, wussten seine loyale Art zu schätzen.

Seit mehreren Jahren war er als renommierter Wissenschaftler anerkannt und hatte sich in seinem Fachgebiet einen ausgezeichneten Ruf erarbeitet. Neugier, Achtung und Respekt vor den Hinterlassenschaften der Geschichte waren Werte, die ihm etwas bedeuteten. Neben der Forschung arbeitete von Löwenstein zeitweise für Unternehmen, die sich mit lokalen Bräuchen und Kulturen nicht auskannten, aber aus Imagegründen immense Summen in die Erhaltung von Altertümern investieren wollten.

Er war ein Mann ohne Allüren. Wenn es etwas gab, das man ihm nachsagen konnte, dann dass er sich etwas zu viel Zeit für die angenehmen Dingen des Lebens, wie Zigarren und gutem Cognac, widmete. Ein Mann mit Überzeugungen für die er ohne zu zögern Einstand. Für von Löwenstein hatte jeder Mensch, ohne Ansehen auf Geld, Status oder Position, den gleichen Wert. Diese Gleichheit war für ihn ein fundamentaler Grundsatz.

Den Auftrag der *DSEE* hatte er gerne angenommen. Er mochte es im Middle-East zu arbeiten, dieser Teil der

Welt war eine der Wiegen unserer modernen Zivilisation. Es war ihm eine Ehre dabei zu helfen, einem Volk, dem man es in der Vergangenheit nicht immer leichtgemacht hatte, beim Weg in die Unabhängigkeit zu unterstützen. Die Kurden waren weltweit die größte Ethnie ohne ein eigenes Land. Wenn die Wirtschaft ihren Teil beitragen wollte, dass man den Kurden endlich den Platz zugestand, den sie verdient hatten, war er gerne gewillt seinen Teil dazu beizutragen.

Kapitel 3

Die Fahrt zum Flughafen verlief problemlos. Der elegante, geräumige Wagen glitt anmutig über den Asphalt. Fredrick war ein besonnener Fahrer und dank der Bequemlichkeit seines Wagens, eines blau-silbernen *Maybach* 62S, konnte sich von Löwenstein in Gedanken ganz den bevorstehenden Treffen widmen. Verhandlungen im Middle-East wurden anders geführt als im Westen, man musste gewieft taktieren und geschickt argumentieren. Bei aller gebotenen Sachlichkeit galt es auch immer eine persönliche Beziehung aufzubauen. Die Vorfreude die Ausgrabungen zu begleiten war groß, aber er durfte nicht vergessen, dass es dabei um die Zukunft und Stabilität einer politisch hochexplosiven Region ging.

Der Irak war ein Pulverfass und man konnte jeden Tag von neuen Bombenanschlägen aus den Medien erfahren. In manchen Gebieten konnte es schon tödlich sein, der falschen religiösen Minderheit anzugehören. Die Gewissheit, dass Menschen in allen Teilen der Erde, Bombenanschläge und Kriege als probates Mittel der Konfliktlösung betrachteten, enttäuschte ihn immer wieder aufs Neue. Hinter jedem einzelnen Opfer steckte eine Geschichte, jedes Opfer hatte eine Mutter, einen Vater oder Kinder. Mit jedem Leben das man auslöschte, zerstörte man eine ganze Welt. Er hatte den Eindruck, dass die Menschen nicht aus den Fehlern der Vergangenheit lernen wollten. Es war ein ewiges Rad des Leids, das sich immer und unaufhörlich weiterdrehte.

Fredrick fuhr den Wagen von der Autobahn auf die Ausfahrt und steuerte Zielsicher das 1. Klasse Terminal der *Lufthansa* am *Rhein-Main-Airport* an.

Von Löwenstein stieg aus und ging über den blauen Teppich mit dem Logo der Airline in die *First-Class-Lounge* der *Lufthansa*.

Eine junge, in ihrer dunkelblauen Airline Uniform umwerfend gutaussehende Blondine, er schätzte sie auf höchstens Mitte 20, kam zu ihm und zeigte dabei ihr strahlendstes Lächeln. Das helle blau ihrer Augen schien mit dem des Himmels konkurrieren zu wollen.

„Ich freue mich, Sie wieder bei uns begrüßen zu dürfen, Graf von Löwenstein. Haben Sie Ihre Dokumente für mich griffbereit?" Vincent überreichte ihr die gewünschten Sachen ohne den Blickkontakt mit der jungen Frau dabei zu unterbrechen. Um seinen Mund zog sich ein verschmitztes Lächeln.

„Bitte checken Sie doch auch gleich Herrn McLeod mit ein.", sagte er. Vincent war fasziniert von dem süßlichen Duft ihres Parfums.

Die junge Frau drehte sich um und ging zu dem Counter, um die beiden Passagiere einzuchecken. Sie war sich seines Blickes auf ihrem sanft wippenden Po gewiss. Der Check-In Vorgang dauerte nur einen kurzen Augenblick.

„Hier sind Ihre Dokumente und Bordkarten. Ich habe mir erlaubt, den Fahrer des VIP Service, der Sie wie gewohnt an die Maschine bringen wird, bereits zu informieren.", sagte die Blondine.

„Ich danke Ihnen Frau...", er lehnte sich etwas nach vorne, um ihr Namensschild besser lesen zu können „...Frau Larsen." Vincent konnte nicht begreifen, wie er sie bei seinem letzten Besuch in der *LH* Lounge übersehen haben konnte.

„Sagen Sie doch bitte einfach Svenja zu mir." gurrte die attraktive Schönheit mit dem erotischsten Tonfall, den er je gehört hatte. Mit einem Lächeln zum Dahinschmelzen verabschiedete sie sich von ihm. Von Löwenstein war nicht der klassische Machotyp, aber seine freche, jungenhafte Art kam beim weiblichen Geschlecht an und er ging keinem Flirt aus dem Weg. Er hatte eben eine Schwäche für schöne Frauen. Im entging nicht, dass Fredrick, der sich mittlerweile diskret zu ihm gesellt hatte, mit einer Kombination aus Lächeln und gleichzeitigem Kopfschütteln reagierte. Was Vincent zu einem unschuldigen »Ich habe doch nichts gemacht Blick« veranlasste.

Auf dem Weg zum VIP-Service, schaute die Frau nochmal zu ihm auf. Mit einer eleganten Handbewegung schob sie sich die langen, blondgelockten Haare aus dem Gesicht. Er zwinkerte ihr frech zu und konnte erkennen, dass sie errötete. »Svenja Larsen«, er würde sich ihren Namen mit Sicherheit merken.

Kapitel 4

Erbil, Autonome Region Kurdistan

Erbil (kurdisch Arbil) war die Hauptstadt und der Regierungssitz der Autonomen Region Kurdistan. Diese hatte gemeinsame Grenzen zum Iran, der Türkei und zu Syrien. Es war eine Stadt, die begünstigt durch die relative Sicherheit in der autonomen Region, beständig am Wachsen war. Man schätzte, dass ca. 2,5 Millionen Menschen im direkten Einzugsgebiet von Erbil lebten. Der größte Teil der Bevölkerung bestand aus moslemischen Kurden.

Er freute sich immer auf das *Divan*. Ein zweckmäßiges Wachhaus für die Personen- und Gepäckkontrolle war vor der langen Auffahrt zum Hauptgebäude positioniert. Das gesamte Hotelareal wurde von einer drei Meter hohen Mauer, die sich harmonisch in das Gesamtbild einfügte, geschützt. Die grimmig dreinblickenden Sicherheitsleute waren bewaffnet mit deutschen *H&K USP* Pistolen und *H&K UMP* Maschinenpistolen.

Der Sicherheitsdienst kontrollierte ausnahmslos alle Fahrzeuge mit Spiegelsonden und Spürhunden. Die hohen Sicherheitsvorkehrungen an allen Orten mit internationalem Publikumsverkehr, waren ein Grund dafür, dass es seit Jahren zu keinen nennenswerten Anschlägen in der Autonomen Region gekommen war. Ganz im Gegensatz zum vom Terror überzogenen Süden und Westen des Landes. Die verstärkt auftretenden Übergriffe der radikalen Fundamentalisten der *ISIS (Islamischer Staat im Irak und Syrien)* wurden mit großer Besorgnis zur Kenntnis genommen.

Als sie die Hotellobby betraten, kam ein geschäftstüchtig umherhuschender, kleiner Mann auf sie zugelaufen.

„Graf von Löwenstein, welch eine Freude, Sie und Mister McLeod wieder im *Divan* begrüßen zu dürfen." Mr. Calvin der neuseeländische Hotelmanager des Luxushotels, begrüßte sie wie immer persönlich.

„Ich danke Ihnen Mister Calvin, auch für mich ist es immer ein Privileg Ihr Gast zu sein.", antwortete von Löwenstein höflich. Der Hotelmanager erinnerte ihn in seiner ganzen Art und Aussehen an *Mr. Higgins,* dem resoluten Majordomus des fiktiven Autors Robin Masters, aus der TV-Serie *Magnum.*

„Wir haben Ihre Suite wie immer nach Ihren Wünschen hergerichtet, Graf von Löwenstein.", sagte er mit einem freundlichen Lächeln. »Nach ihren Wünschen hergerichtet« bedeutete, dass ein extra Vorrat an Schokolade und seines Lieblingscognac auf ihn warteten.

Mr. Calvin führte den Grafen und seinen Butler zum Aufzug und fuhr mit ihnen in die oberste Etage des Hotels. Die Penthouse Suite des *Divan* nahm das gesamte Stockwerk ein und man konnte sie nur mit einer speziellen Schlüsselkarte für den Aufzug erreichen. Sie verfügte über einen separaten Bereich mit drei Räumen für die persönlichen Bediensteten der meist gut betuchten Gäste. Vincent hatte Fredrick schon oft angeboten, sich mit ihm die eigentliche Suite mit ihren zwei Schlafzimmern zu teilen, was dieser jedoch immer höflich ablehnte. Vom Aufzug betrat man einen kleinen Flur in dem die Eingangstüren zum bediensteten Bereich und der Suite lagen.

Die Suite war riesig. Auf ca. 350 qm hatten ein Schlafzimmer mit King Size Bett, ein weiteres

Schlafzimmer, ein Esszimmer, das Bad mit Jacuzzi und vergoldeten Wasserhähnen, ein geräumiges Arbeitszimmer und die Terrasse mit gemütlichen Loungemöbeln, ihren Platz. Durch die Rundumverglasung hatte man in alle Himmelsrichtungen einen herrlichen Ausblick auf die Umgebung. Von hier konnte man die angrenzenden Gebirge und Erbil in seinem ganzen Ausmaß bestaunen. Sämtliche Räume waren mit allem erdenklichen Luxus, den der Orient zu bieten hatte, ausgestattet. In der Bar befanden sich zwei Flaschen seiner bevorzugten Cognac Marke, eines *Courvoisier XO Imperial*. Obwohl es erst kurz nach 17 Uhr Ortszeit war öffnete Vincent eine Flasche, schenkte sich und Mr. Calvin ungefragt einen Drink ein und reichte diesem einen der schweren Cognacschwenker.

„Auf Ihr Wohl, Mister Calvin.", sagte der Graf fröhlich.

„Auf Ihr Wohl, Graf von Löwenstein.", erwiderte dieser etwas entsetzt dreinblickend ob der frühen Zeit des Alkoholgenusses. Von Löwenstein nahm diesen Blick, mit einem Schmunzeln wahr und lachte still in sich hinein.

Nachdem sich Mr. Calvin von ihm verabschiedet hatte, reservierte Vincent telefonisch im Restaurant einen Tisch für sich und Fredrick. Er koppelte sein *iPhone* mit der Anlage, startete seine Soul Playlist, nahm sich noch einen Drink und verschwand fröhlich pfeifend im Bad.

Das Essen war gut gewesen, genau dass, was sie beide nach einem langen Anreisetag gebraucht hatten. Zufrieden und satt wischte sich von Löwenstein den Mund mit der Stoffserviette ab.

„Ich erwarte morgen ein Gespräch ohne größere Probleme.", sagte er zu Fredrick. „Die Regierung kann bei dem Angebot, das die *DSEE* ihnen unterbreitet, kaum eine andere Entscheidung treffen als zuzustimmen. Die zusätzlichen Investitionen, die die Arbeit und Forschung zum Erhalt der kulturhistorischen Stätten auf Jahre sichern würde, sind ein gewichtiges Argument. Die *DSEE* bekommt die Förderrechte und die Kurden erfahren endlich Anerkennung ihrer so traditionsreichen Geschichte." Auch wenn Dr. Sinclair bei dem Treffen in London noch von einem »Ass im Ärmel« gesprochen hatte, war von Löwenstein sich sicher, dass das Angebot bereits jetzt durchdacht und solide geplant war. Zu gut wusste er um die Bedeutung strategischer Partner für ein aufstrebendes Land. Ein Global Player wie die *DSEE* kam in so einer Situation wie gerufen.

„Ich hoffe, dass alles nach Ihren Wünschen verläuft. Wenn Sie keine Einwände haben Sir, würde ich mich jetzt gerne auf mein Zimmer zurückziehen.", sagte sein Butler.

„Natürlich nicht Fredrick. Diese Fragen werde ich Ihnen wohl nie abgewöhnen können.", antwortete von Löwenstein. Fredrick lächelte den Einwand wie immer einfach weg. Kurz nachdem er gegangen war, erhob sich auch von Löwenstein und ging den kurzen Weg in die Piano Bar. Die meisten Geschäfte im Middle-East wurden entweder beim Essen oder beim gemütlichen Zusammensein und einer Shisha getätigt. Man konnte den süßlichen Geruch des Wasserpfeifentabaks überall in der Luft riechen. Neben den Kellnern gab es spezielles Personal, dass sich nur um die Shishas kümmerte und regelmäßig die Glut kontrollierte. Dafür hatten sie eigens einen Metalltopf mit einem langen Tragebügel, der mit glühenden gepressten Kokosnussschalen, die als Naturkohle dienten, gefüllt war. Dazu eine lange

Greifzange, die zum Wenden der Kohle benutzt wurde. Vincent sah sich im Raum nach einem freien Platz um und setzte sich in eine der elegant ausgestatteten Sitzgruppen, direkt vor das Podium mit dem Piano.

„Was darf ich Ihnen bringen?", fragte ihn der herbeigeeilte Ober.

„Einen *Courvoisier* mit einem Eiswürfel und eine *Partagás* bitte. Ich würde die dominikanische Variante bevorzugen.", Vincent gedachte sich zum Ausklang des Tages eine seiner von ihm geschätzten Zigarren zu gönnen. Mit einem zufriedenen Seufzer lehnte er sich nach hinten in die weiche Polsterung. Langsam wich die Anspannung der Anreise von ihm.

Nachdem der Kellner ihm seine Bestellung gebracht hatte, widmete sich von Löwenstein dem Ritual des Zigarre Anzündens. Nur Banausen zündeten Zigarre direkt mit der Flamme an und ruinierten dadurch den Geschmack. Seiner Erfahrung nach entfaltete eine Zigarre ihr Aroma am besten, wenn man sie drehend über der Flammenspitze, durch die Hitze und nicht mit der Flamme, zum Glühen brachte. Sobald die Zigarre an der Spitze einen schönen runden Glutring aufwies, tat er den ersten Zug. Von Löwenstein musste immer wieder an die aufwendige Arbeit denken, die in einer von Hand produzierten Zigarre steckten. Einer Arbeit, die er zu schätzen wusste.

Seine Gedanken an die edlen Tabakanbaugebiete dieser Welt wurden unterbrochen von dem typischen »Klack« Geräusch hoher Damenabsätze. Die Frau, die ebengerade graziös in den Raum schritt, schätzte von Löwenstein auf Ende 20. Sie war atemberaubend, jede ihrer Bewegungen drückten Anmut und eine natürliche Eleganz aus. Sie war etwa einen halben Kopf kleiner als er. Das gut geschnittene, schwarze Abendkleid unterstrich ihre schlanke Figur. Er bewunderte diskret ihre weiblichen Proportionen, die sie an den richtigen Stellen hatte und die ganz nach seinem Geschmack waren. Ihre hellbraunen, langen, glatten Haare trug sie zu einem losen Zopf, der ihr über die linke Schulter fiel. Ihre grün-grauen Augen verliehen der jungen Frau eine höchst erotische Ausstrahlung, wie er fand. Sie hatte eine perfekt geformte Nase, die zu ihren weichen Gesichtszügen passte. Sie kam direkt auf ihn zu, ein paar lose Dokumente in ihrer rechten Hand haltend. Er blickte lächelnd zu ihr auf. Sie erwiderte sein Lächeln, ging aber schnurstracks an ihm vorbei, um am Piano Platz zu nehmen. Die Dokumente, die sich als Notenblätter herausstellten, legte sie auf die dafür vorgesehene Ablage und fing an zu spielen.

Nachdem er ihr eine ganze Weile zugehört hatte, beauftrage Vincent den Kellner, ihr ein Glas Champagner zu bringen. Kurz darauf, prostete sie ihm mit ihrem Glas zu. Er beantwortete gerade ihre Dankesgeste mit einem freundlichen Nicken, als ihr das Lächeln im Gesicht gefror. Er drehte seinen Kopf in die Richtung, in die sie schaute. Wer oder was hatte die junge Frau so erschreckt?

Dr. Ian Sinclair kam in diesem Augenblick den Gang entlang. Konnte dieser die Ursache ihrer Reaktion gewesen sein? Wohl kaum. Von Löwenstein musste sich täuschen, woher sollten sich die Frau am Piano und sein Auftraggeber auch kennen. Dr. Sinclair sah den Grafen, winkte ihm lächelnd zu und gesellte sich zu ihm an den Tisch.

Kapitel 5

Vilnius, Litauen einige Tage zuvor.

„Haben Sie das was ich von Ihnen möchte Doktor?" Obwohl Dr. Nojus Simonaitis lange mit seinem Gewissen gekämpft hatte, musste er sich am Ende doch eingestehen, keine andere Wahl zu haben.

„Ich habe alles gemacht, wie Sie es von mir verlangt haben. Sie wissen, dass Sie damit unzählige Menschenleben auf dem Gewissen haben werden und eine Katastrophe unkontrollierbaren Ausmaßes heraufbeschwören!" mahnte Dr. Simonaitis seinen gegenüber eindringlich.

„Wenn Sie Ihre Arbeit gut gemacht haben, wird sich der Schaden doch in Grenzen halten, mein lieber Doktor...", sagte der Fremde zynisch, „...wir wollen doch nicht das Ihr kleines Geheimnis an die Öffentlichkeit gerät oder noch jemand Schaden nehmen könnte." Simonaitis war die letzte Anspielung nicht entgangen. Widerwillig übergab er dem Mann ein kleines, unauffälliges Päckchen. Niemand konnte ahnen dass sich darin ein Biotube befand. Ein medizinischer Behälter, in dem man gefährliche biologische Erreger sicher aufbewahren konnte. Die Vergangenheit begann ihn einzuholen; nein, er korrigierte sich, sie hatte ihn bereits eingeholt.

„Sie werden die nächsten beiden Biotube wie besprochen ausgehändigt bekommen. Alles Weitere liegt dann in Ihren Händen.", sagte Simonaitis mit leiser, niedergeschlagener Stimme.

„Gut, ich wusste doch, dass ich mich auf Sie verlassen kann.", sagte der Mann herablassend und stieß ihm mit dem silbernen Griff seines Gehstocks, freundschaftlich gegen den Arm. Er ließ den älteren Herrn auf dem großen Platz vor der Kathedrale von Vilnius zurück und tauchte schon bald in der Menschenmenge, der bei Touristen so beliebten Altstadt, unter. Es war ein wunderschöner Tag, niemand ahnte etwas von der tödlichen Gefahr, die der lässig davonschlendernde Mann, in der Innentasche seines Jackets transportierte.

Kapitel 6

Erbil, Irak

Von Löwenstein und Dr. Sinclair wurden von einem Wagen des »Ministeriums für natürliche Ressourcen« abgeholt. Der Name des Ministeriums spiegelte nicht im Geringsten die Macht wieder, die diese wichtige Behörde innehatte. In der Autonomen Region Kurdistan lagen schätzungsweise 50 Milliarden Barrel Öl unter der Erde. Hier warteten mehrere Milliarden Dollar Beträge darauf, gefördert zu werden.

Das Ministerium lag gut gesichert, im Regierungsbezirk der Hauptstadt. Bewaffnete Soldaten patrouillierten überall um das Gelände oder standen in den Wachhäuschen. Unter den wachsamen Blicken der *Peschmerga*, fuhren sie bis vor den Eingang des Ministeriums. Sie wurden dort von Mustafa Omar, dem persönlichen Berater des Präsidenten, sehr höflich begrüßt. Der Mann führte seine Gäste in einen großen, hellen Konferenzraum.

Kurz nach ihrer Ankunft betraten Nassir Al-Bajrami, der Minister für natürliche Ressourcen und einer seiner Staatssekretäre, den Raum. Al-Bajrami war ein tadellos gekleideter Mann, der einen beschäftigten Eindruck auf seine Gäste machte.

„Graf von Löwenstein, Doktor Sinclair ich darf sie beide herzlich im Namen der Regierung von Kurdistan begrüßen. Es ist uns eine besondere Ehre einen so renommierten Forscher in unserem Land begrüßen zu dürfen.", sagte er in geschliffenem Oxfordenglisch. Er bedeutete seinen Gästen, wieder Platz zu nehmen, und setzte sich ebenfalls.

„Ich habe Ihr Angebot aufmerksam und mit großem Interesse gelesen, fuhr Al-Bajrami fort, aber die Bevölkerung von Kurdistan ist besorgt. Sie befürchtet einen Ausverkauf der Ressourcen unseres Landes. Sie werden verstehen, dass wir eine noch sehr junge Demokratie sind. Wir mussten jahrzehntelang Repressalien erdulden und befinden uns in einer Phase des Aufbaus. Auf Grund von unschönen Erfahrungen in der Vergangenheit herrscht immer noch ein Klima des Misstrauens dem Westen gegenüber. Es bedarf daher gewichtiger Argumente, um die Befürchtungen des kurdischen Volkes zu zerstreuen.", sagte Al-Bajrami seine Ansprache beendend. Von Löwenstein kannte die höflichen Umschreibungen und Floskeln nur allzugut, mit der »Bevölkerung« sprach der Minister in erster Linie seine persönlichen Sorgen dem Angebot gegenüber aus. Das war keinesfalls negativ gemeint. Nur selten wurden eigene Meinungen bei Verhandlungen direkt ausgesprochen. Es wurde als unhöflich empfunden sich selbst zu sehr in den Mittelpunkt zu rücken, man wandte im Middle-East eine subtilere Form der Verhandlungssprache an.

„Sehr geehrter Herr Minister, zuerst möchte ich Ihnen meinen Dank aussprechen, dass Sie uns empfangen. Ein bedeutender Mann wie Sie hat, wie wir alle wissen, einen vollen Terminkalender."

Von Löwenstein hatte Sinclair erklärt, dass ausgesuchte Höflichkeit hier zum guten Ton gehörte. Sich nicht an die regionalen Umgangsformen und Gepflogenheiten zu halten, war eine der Hauptgründe, warum westliche Unternehmen im Middle-East meist scheiterten.

„Wir haben in den zurückliegenden Verhandlungen nicht nur die Interessen der Bevölkerung bedacht, sondern auch den hohen Stellenwert der kurdischen Geschichte und der bedeutenden Kulturgüter zu würdigen versucht. Es ist uns gelungen, mit Graf von Löwenstein einen international renommierten Experten auf diesem Gebiet, für uns zu gewinnen." Dr. Sinclair machte eine kurze rhetorische Pause.

„Ich habe heute nacht die Sachlage in einer telefonischen Dringlichkeitssitzung mit meinen Vorstandskollegen besprochen. Um auch die letzten Zweifel zu beseitigen, sind wir zu dem Entschluss gekommen, dass die *DSEE* im Gegenzug zu den Förderrechten, die *KDF* mit moderner Verteidigungstechnologie ausrüsten würde. Dieser Vertrauensbeweis sollte jeden noch bestehenden Zweifel beseitigen. Sehr geehrter Herr Minister, Anhand dieses Angebotes, sollten Sie erkennen, wie sehr die *DSEE* an einer langfristigen Beziehung mit Ihrem Land interessiert ist." Nachdem Dr. Sinclair seine Argumente vorgetragen hatte herrschte Schweigen im Raum.

Aufmerksam war von Löwenstein dem Gespräch gefolgt. Bei den Besprechungen in London hatte er darauf hingewiesen, in diesem Stadium der Verhandlungen, auf keinen Fall auf die angespannte Sicherheitslage des Landes hinzuweisen. Die *DSEE* würde damit in die Kompetenzbereiche mehrerer, mächtiger Ministerien eindringen. Hatte er sich Sinclair gegenüber so missverständlich ausgedrückt? Von Löwenstein nutzte die entstandene Pause und sagte an den Minister gerichtet.

„Doktor Sinclair möchte damit andeuten, dass die *DSEE* gerne bereit wäre in Rüstungsfragen in Zukunft seine Expertise zur Verfügung zu stellen. Falls das von Ihrer Seite gewünscht wird.", von Löwensein versuchte die Verunglückte Ausdrucksweise von Dr. Sinclair zu retten, ohne diesen zu diskreditieren.

„Verzeihen Sie wenn ich Sie korrigieren muss Graf von Löwenstein. Wir haben uns entschieden dass wir die

Förderung der Rohstoffvorkommen, sowie die Rüstungsfragen miteinander koppeln wollen. Wir finden, dass diese beiden Schlüsselbereiche immens wichtig sind für die Zukunft Kurdistans und wir wollen uns nicht aus der Verantwortung stehlen.", sagte Sinclair. Eine nette Umschreibung dass die *DSEE* ein größeres Stück vom Kuchen abhaben wollte.

Von Löwenstein wusste nur zu gut, dass der Vorstand der *DSEE* nur das machte, was Sinclair anordnete. Dieser Mann unterwarf sich keinen Entscheidungen anderer. Anscheinend war ihm der Vertrag über die Förderrechte nicht genug, sondern er wollte gleich beide der lukrativsten Felder auf einmal. Sinclair hatte keine Geduld und setzte lieber alles auf eine Karte. Der Minister ergriff, nachdem er kurz über das gehörte nachgedacht hatte, wieder das Wort. Von Löwenstein war die kaum sichtbare Enttäuschung in dessen Blick nicht entgangen.

„Doktor Sinclair, ich bin hocherfreut und fühle mich geehrt, zu hören wie sehr Ihnen die Zukunft meines Landes am Herzen liegt. Aber angesichts der neuen Verhandlungssituation muss ich mich erst mit dem zuständigen Minister of Peshmerga Affairs beraten. Der sicherheitstechnische Aspekt ihres Angebotes fällt in sein Ressort. Auch unser Präsident, *Masoud Barzani*, wird nun in die Verhandlungen eingeschaltet werden müssen. Der ehrenwerte Mustafa Omar wird den Präsidenten schnellstmöglich hierüber informieren. Ich danke Ihnen, im Namen des kurdischen Volkes, für dieses großzügige Angebot." Nassir Al-Bajrami stand auf, verbeugte sich kurz vor seinen Gästen zur Verabschiedung und verließ, zusammen mit dem Berater des Präsidenten, den Saal.

Nachdem der Minister gegangen war, dachte der Graf kurz über das gehörte nach.

„Ich hatte Sie darauf hingewiesen Doktor Sinclair. Sie können im Middle-East und speziell in einer prekären Situation wie sie hier momentan herrscht nicht so Vorgehen. Wenn Sie hier etwas erreichen wollen, müssen Sie subtiler an die Sache herangehen. Hier hat jedes Ministerium und jede Behörde eigene Interessen. Jetzt wird sich der Präsident und sein Berater mit der Sache beschäftigen müssen. Anstatt einen Abschluss zu erzielen haben Sie jetzt eine neue, weit schwierigere Verhandlungsrunde eröffnet. Damit haben Sie die Verhandlungen unnötig verzögert. Warum haben Sie das nicht vorab mit mir besprochen?"

„Ich bin überzeugt, dass der Berater des Präsidenten die positiven Aspekte erkennen wird und wir diesen Deal bald unter Dach und Fach haben werden. Mein Interesse hier ist sehr langfristiger Natur, glauben Sie mir...", sagte Sinclair mit einem seltsamen Unterton, "...ein paar Tage mehr oder weniger sind jetzt nicht mehr entscheidend. Und wenn es jemand schaffen kann, die verschiedenen Ressorts und Minister zu überzeugen, dann Sie mein lieber Graf."

„Alle Verhandlungspartner an einen Tisch zu bekommen wird nicht einfach, Doktor Sinclair. Ich hoffe, ich bin das große Vertrauen wert, das Sie in meine Fähigkeiten setzen.", antwortete von Löwenstein, nicht ohne das Gefühl zu verspüren, dass hier etwas aus dem Ruder zu laufen schien. Er wurde den Eindruck nicht los, als wenn Sinclair den Deal mit Absicht hatte verzögern wollen.

Nachdem Vincent in seine Suite zurückgekehrt war und die Zeit genutzt hatte, den Tag Revue passieren zu lassen, entschloss er sich, die Bar aufzusuchen. In Gedanken legte er sich bereits die Vorgehensweise zu Recht, die Ministerien und den Präsidenten von den positiven Aspekten der neuen Sachlage zu überzeugen.

Erst einmal müsste er Mustafa Omar, den Berater des Präsidenten auf seine Seite bringen.

In der Bar angekommen steuerte er auf den Ober zu und bestellte ein Glas seiner bevorzugten Cognacmarke. Derart gewappnet nahm er wieder in der Sitzgruppe vom Vortag Platz. Die hübsche Pianistin beendete gerade ihr Stück und drehte sich zu ihm herum. Mit einem tadelnden Blick stand sie von ihrem Stuhl auf, ging die zwei Stufen von dem Podest herunter und kam zu ihm an den Tisch.

„Trinken Sie eigentlich immer so früh?", fragte sie von Löwenstein. Dass sie dabei breit lächelte, nahm der Frage die Schärfe.

„Ich genieße mein Leben, wann immer sich mir die Gelegenheit dazu bietet, das ist nicht an eine spezielle Uhrzeit gebunden.", antwortete von Löwenstein, der aufgestanden war, als sie an seinen Tisch kam. Lächelnd hielt er der jungen Frau seine Hand entgegen.

„Entschuldigen Sie, wo bleiben meine Manieren. Ich habe mich Ihnen noch nicht vorgestellt, mein Name ist..."

„Vincent Graf von Löwenstein", unterbrach ihn die junge Frau seine Hand dabei ergreifend. Sie genoss seinen überraschten Gesichtsausdruck.

„Austeja Simonaityté, schön Ihre Bekanntschaft zu machen.", erwiderte sie.

„Woher kennen Sie meinen Namen?", fragte Vincent neugierig. Als Antwort bekam er neben einem wissenden Lächeln nur einen vielsagenden Blick. Als Gentleman würde er sich damit wohl fürs Erste begnügen müssen.

Er erfuhr von ihr, dass sie aus Litauen kam und auf Einladung des Hotels hier die Gäste musikalisch unterhielt. Sie hatte eine klassische Musikausbildung in Vilnius und Paris absolviert und spielte auf Einladung der Hotelleitung.

Die junge Pianistin und Vincent waren sich auf Anhieb sympathisch, sie unterhielten sich den ganzen Abend über Kunst, Musik und Geschichte.

„Einen Historiker, dazu noch einen Aristokraten, habe ich mir ganz anders vorgestellt, muss ich gestehen.", sagte sie.

„Wie denn?", fragte Vincent amüsiert, sich in die weichen Kissen zurücklehnend.

„Ich weiß nicht, irgendwie langweiliger, steifer und nicht so…..so interessant.", sie nippte an ihrem Glas.

„Nun, wenn Sie gedacht haben dass sämtliche Menschen die sich mit Geschichte beschäftigen den Charme eines alten Professors verbreiten müssen, dann muss ich Sie leider enttäuschen."

Austejas Blick blieb an dem Ring den er trug hängen. An seinem rechten Ringfinger prangte ein silberfarbener, ovaler Ring, in dessen blauen Stein etwas eingraviert war.

„Was ist das für ein Ring, den Sie da tragen?" fragte sie ihn neugierig.

„Das ist der Wappenring meiner Familie."

„Was bedeuten diese Zeichen?", Austeja schaute ehrlich interessiert.

Von Löwenstein reichte ihr den schweren Ring.

„In dem gespaltenen Schild, sehen Sie rechts auf blauem Grund einen silbernen Löwen. Auf der linken Seite, auf silbernem Grund, ist eine blaue Axt zu sehen. Über dem Schild erkennen Sie einen Topfhelm. Heraldisch gesehen ist der Topfhelm dem Uradel vorbehalten. Meine Vorfahren nahmen bereits an den Kreuzzügen teil und finden ihre erste urkundliche Erwähnung im 11. Jahrhundert. Zu guter Letzt kommen noch die Helmdecke und die Helmzier. Die Helmzier, das sind die Büffelhörner, die Sie hier oben sehen können." Von Löwenstein deutete auf die Stelle in dem Ring.

„Es ist überliefert dass beim Kreuzzug von Friedrich I., genannt Barbarossa, auf dem Weg nach Jerusalem, dieser aus einem Hinterhalt im Taurus Gebirge angegriffen wurde. Nur mein Vorfahr Wolfgang I. stand noch vor ihm, auf einem Fels stehend, um das Leben seines Kaisers zu verteidigen. Barbarossa verlieh noch auf dem Schlachtfeld jenem Wolfgang I., den Löwen als Wappentier. Weil dieser, tapfer wie ein Löwe, um das Leben seines Herrn gekämpft hatte. Dieser durfte sich seitdem von Löwenstein nennen, in Anspielung seiner Kampfposition während des Angriffs. Wolfgang I. von Löwenstein ist somit der Stammvater meiner Familie."

Austeja hatte ihm schweigend zugehört. Vor ihr saß ein Mann, der sich seiner Herkunft bewusst war. Die Kombination aus Begeisterung und der etwas versnobt wirkenden, aristokratischen Art fand sie sehr sexy. Er hatte etwas Jungenhaftes, Spitzbübisches an sich, das sie magisch anzog.

Von Löwenstein entriss Austeja mit einer Frage aus ihren Gedanken.

„Haben Sie morgen schon etwas vor Frau Simonaityté? Ich würde Ihnen gerne die Altstadt von Erbil zeigen."

„Wie könnte ich die Gelegenheit auslassen, mir von so einem gebildeten Mann die Altstadt zeigen zu lassen.", antwortete sie mit sinnlicher Stimme.

Erfreut über die Zusage verabschiedete sich Vincent kurz danach von ihr und ging auf sein Zimmer.

In der Suite angekommen besprach er mit Fredrick die Ereignisse des heutigen Tages. Er vergaß nicht, ihn darauf hinzuweisen, mit wem er sich für den folgenden Tag verabredet hatte.

„Sie müssen Sie unbedingt sehen Fredrick. Die Frau sieht umwerfend aus und macht einen sehr sympathischen Eindruck auf mich.", sagte Vincent.

Sein Butler hörte das mit großer Freude. Er wusste, dass es Vincent schwer viel jemanden in sein Leben zu lassen. Seit dem Tod seiner Eltern wurde er von großen Verlustängsten geplagt.

Nachdem sich Graf von Löwenstein von ihr verabschiedet hatte, spielte Austeja Simonaityté noch einen Song. Danach ging sie gutgelaunt in Richtung Aufzug. Dort drückte sie die Taste ihrer Etage. Entspannt lehnte sie sich an die Wand. Die Lifttür war fast geschlossen, als sie eine Hand in den Spalt hineingreifen sah. Erschrocken fuhr sie zusammen. Die Türen öffneten sich wieder und sie sah die Person, zu der die Hand gehörte.- Dr. Ian Sinclair.

Dr. Sinclair betrat den Fahrstuhl und nickte ihr höflich zu. Sein Gesichtsausdruck erinnerte sie an den eines lächelnden Hais. Austeja wagte kaum zu atmen. Sie spürte, wie ihr Puls schneller schlug. Ihre Knie wurden weich, aber sie wollte sich vor Sinclair keine Blöße geben. Dieser Mann war der Letzte, mit dem sie irgendwo auf der Welt alleine sein wollte.

„Fräulein Simonaityté, welch eine Freude Sie zu sehen. Wie ich sehen konnte scheinen Sie sich großartig mit unserem gemeinsamen Freund, Graf von Löwenstein, zu verstehen.", Sinclair sprach langsam und betont höflich.

„Das geht Sie nichts an Doktor Sinclair!", sagte Austeja trotzig.

Sein Arm schnellte hervor und er griff ihr mit seiner Hand unter das Kinn, damit sie seinem Blick nicht ausweichen konnte. „Ich habe einen guten Rat für Sie! Konzentrieren Sie sich lieber auf Ihre Aufgabe und denken Sie daran welche Konsequenzen ein Scheitern für Sie haben würde.", sagte Sinclair mit emotionsloser, kalter Stimme. Austeja entzog sich seinem Griff, indem sie energisch ihren Kopf wegdrehte. Zornig holte sie aus, um ihm eine Ohrfeige zu verpassen. Sinclair hatte die Reaktion jedoch vorhergesehen und blockte den Schlag einfach mit dem Unterarm ab.

„Ich rate Ihnen, Ihr Temperament etwas zu zügeln. Wir wollen doch nicht das Sie sich noch weh tun.", sagte er unbeeindruckt. Der Aufzug hielt an und Sinclair stieg aus. Er drehte sich zu ihr herum und verbeugte sich galant.

„Ich wünsche Ihnen eine angenehme Nacht, Fräulein Simonaityté." Als sich die Tür geschlossen hatte, sank Austeja an der Wand des Aufzugs zu Boden. Tränen liefen ihr über die Wangen. Sie spürte noch immer den festen Griff seiner Hand an ihrem Kinn.

Sinclair stand noch kurz vor dem Aufzug und dachte angestrengt nach. Es durchkreuzte seine Pläne, dass sich von Löwenstein und die Klavierspielerin kennengelernt hatten. Das war eine Sache, die er vorher nicht bedacht hatte. Wenn sich die beiden austauschen würden, könnte das zu einem Problem werden. Der Graf war alles andere als dumm und würde schnell 1 und 1 zusammenzählen. Er ärgerte sich über seine fehlende Weitsicht. Das war etwas, dass ihm normalerweise nicht passierte. Er hatte früh gelernt, dass solche kleinen Details entscheidend waren für den erfolgreichen Abschluss einer Mission.

Kapitel 7

Als von Löwenstein mit seinem Butler am nächsten Morgen gemeinsam in seiner Suite am Frühstückstisch saß, sprach er mit diesem nochmal über den plötzlichen Strategiewechsel von Sinclair.

„Er wird zweifellos seine Gründe haben, Sir. Ich kann mir nicht vorstellen, dass er diese Entscheidung unüberlegt oder spontan entschieden hat. Sinclair ist clever, sehr clever das sollten Sie niemals vergessen.", sagte sein Butler gewohnt zurückhaltend.

„Ich hatte ihn in London ausdrücklich davor gewarnt die beiden Bereiche zu kombinieren Fredrick. Er sollte mit jedem Minister einzeln die Verträge aushandeln. Angefangen mit der Rohstoffförderung. So könnte jeder gut dastehen und für sein Ressort den Ruhm einstecken. Jetzt wird es erst einmal eine ganze Weile dauern bis wir mit dem Präsidenten zusammen kommen. Dabei hatte er bisher alles richtig gemacht, mich mit dem Konzept zur Erhaltung der Kulturgüter zu beauftragen und die Zitadelle von Erbil zu inspizieren, das war der richtige Ansatz.", sagte von Löwenstein.

„Sinclair wusste dass er ohne Sie niemals so schnell Zugang zu den Ministern, ganz zu schweigen von dem Präsidenten bekommen hätte, Sir. Darum sind Sie mit der Aufgabe beauftragt worden. Wenn Sie meine ehrliche Einschätzung hören wollen, er hatte nie vor die Bereiche gesondert voneinander zu verhandeln. Dieser Mann will immer alles.", gab Fredrick zu bedenken.

„Ich werde morgen versuchen mit Mustafa Omar, dem Berater des Präsidenten, Kontakt aufzunehmen.

Ich hoffe, den Vorgang etwas beschleunigen zu können.", sagte von Löwenstein.

Vincent konnte nicht ahnen, das Fredrick bereits vor dem Besuch der *DSEE* in London Bedenken hatte. Von Löwenstein war unbestritten eine der besten Adressen, wenn man im Middle-East Kontakte zu Ministern und regierungsnahen Stellen suchte. Durch seine Arbeit auf dem Gebiet der Erhaltung von Altertümern und historischen Bauten hatte er sich einen Namen gemacht. Fredrick kannte den genialen wie auch kompromisslosen Ruf Sinclairs. Sie hatten für kurze Zeit gemeinsam auf der Militärakademie in Sandhurst gedient. Er kannte aber auch die außergewöhnlichen Fähigkeiten seines Schützlings. Wenn jemand Sinclair Paroli würde bieten können, dann war das Vincent von Löwenstein.

Nachdem Frühstück zog sich von Löwenstein bequeme, helle Baumwollkhakis und ein kühlendes Leinenhemd an. Zum Schutz vor der glühenden Sonne trug er einen Panama Hut, im Mai konnte das Thermostat leicht auf über 40 Grad klettern. Er fuhr mit dem Aufzug in das Foyer und nachdem Austeja eingetroffen war stiegen sie in eines der hoteleigenen, schwarzen Shuttle Fahrzeuge.

Die Fahrt zu dem Basar betrug keine halbe Stunde. Nachdem sie angekommen waren, schlenderten sie in Richtung des Bazars.

„Wussten Sie, dass Erbil einer der ältesten Orte im Orient ist? Und dass hier bereits während des Mittelalters eine wichtige Verbindung für den Handel von Norden nach Süden entstand? Viele Relikte die wir hier bei Ausgrabungen finden konnten, stammten aus dieser lange vergangenen Epoche. Der Islam kam erst mit den Arabern nach Erbil, nachdem diese die herrschenden Sassaniden geschlagen hatten. Später wurde Erbil Teil des Osmanischen Reiches, bis es vom späteren Schah von Persien erobert wurde. So wechselten sich im Laufe der Jahrhunderte viele Herrscher mit dem Regieren ab. Die Zitadelle, die auf dem Felsen über der Altstadt thront, ist ein Relikt aus den Anfängen der Kupfersteinzeit.

Im Irak des *Saddam Hussein* spielte der Norden nur eine untergeordnete Rolle. *Hussein* war Mitglied der sunnitischen Minderheit, er übte mit seiner *Baath*-Partei die Macht im Irak über die schiitische Mehrheit aus. Die Kurden wurden unter dem Diktator bis Ende der 90er, zum Teil grausam unterdrückt. Seit 2005 war *Masoud Barzani* Präsident der Autonomen Region Kurdistan. Von ihm versprechen sich die Kurden Stabilität und Fortschritt für ihr Land.", von Löwenstein beendete seinen kurzen Vortrag und lief mit Austeja über die Straße auf einen der vielen Eingänge des Bazars zu. Um den Bazar befanden sich Arkaden mit den typischen hohen, bogenförmigen Außenmauern. Der einfache, beigefarbene Verputz war mit einem gleichmäßigen Rautenmuster geschmückt.

Austeja hatte ihm fasziniert zugehört. Während ihrer Schulzeit hatte Austeja sich nicht sonderlich für Politik und Geschichte interessiert. Sie bedauerte, dass ihre Lehrer nicht mehr von der Begeisterungsfähigkeit und Ausstrahlung von Löwensteins hatten.

Sie tauchten ein in ein Wirrwarr aus Sprachen und Unterhaltungen. Auf Grund ihrer europäischen Herkunft wurden sie beide, wenn auch nicht offen angegafft, so doch wenigstens heimlich beäugt. Austeja war ein bildhübsches Exemplar einer Baltin, wie die neugierigen Blicken erahnen ließen.

Gemütlich gingen sie durch die Gänge und bestaunten die Vielfalt der Auslagen. Besonders der Bereich der Gewürzhändler war ein ungewohntes

Erlebnis für europäische Nasen. Das Angebot war faszinierend und unüberschaubar. Eine große Auswahl an Curry, Pfeffer und Paprika stand in riesigen Säcken vor ihnen. Für Menschen, die aus dem westlichen Kulturkreis stammten, war das ein Schauspiel, wie sie es sonst nirgends geboten bekamen. Austeja fühlte sich, wie in eine Geschichte aus 1001 Nacht hineinversetzt.

An einem Stand, der mit orientalischen Ornamenten verzierte Schmuckschatullen aus Holz anbot, blieb Austeja stehen. Von Löwenstein folgte ihrem Blick. Ihm entging nicht, dass es ihr eine kleine Schmuckdose, angetan hatte. Das Kästchen hatte ungefähr das Flächenmaß eines Taschenbuchs, nur etwas höher. Es war aus dunklem, glänzend lackiertem Holz, auf dem auf jeder Seite filigrane Ornamente in verschiedenen Farben angebracht waren. Es war innen mit dunkelrotem Samt ausgelegt. Zwei feine Messingscharniere verbanden den Deckel mit dem Körper der Schatulle.

„Gefällt es Ihnen?", fragte von Löwenstein Austeja.

Ihr Blick war ihm Antwort genug. Er begrüßte den Händler freundlich und erkundigte sich nach dem Preis, in dem er mit dem Daumen und Zeigefinger aneinander Rieb und mit der anderen auf die kleine Schatulle zeigte. Diese Geste verstand man wohl auf jedem Flecken der Erde. Der alte Mann streckte acht Finger in die Luft, dann vier und formte danach mit Zeigefinger und Daumen einen Kreis. Von Löwenstein wusste, dass er damit 80.000 Irakische Dinar anzeigte, etwa 50€.

„Viel zu teuer.", sagte er auf Deutsch, wohl wissend, dass der Mann seine Sprache zwar nicht Verstand, aber in Verbindung mit seinem energischen Kopfschütteln die Bedeutung sicher richtig interpretieren würde. Von Löwenstein hielt drei Finger in die Luft, da beide sich stillschweigend darauf geeinigt hatten, dass es sich im

10.000er Bereich abspielte, ließ er die Nullen weg. Das war dem Händler wiederum zu wenig. Das Spielchen ging solange hin und her, bis sie sich beide auf 45.000 Dinar geeinigt hatten. Das Geschäft wurde mit einem Handschlag besiegelt. Er hatte gelernt, dass das Feilschen auf einem Basar einfach dazugehörte. Beide Parteien trennten sich mit dem Gefühl, ein gutes Geschäft gemacht zu haben und jeder war zufrieden. Ein Einkaufserlebnis wie es in der westlichen Welt nicht mehr vorkam. Der Mann nahm das Kästchen von seinem Platz und wickelte es sorgfältig in braunes Packpapier. Austeja, die sich den Vorgang, die ganze Zeit amüsiert betrachtet hatte, stand etwas verlegen da, als ihr von Löwenstein das kleine Kästchen überreichte.

„Danke sehr, das ist sehr nett von Ihnen.", sagte Austeja sichtlich gerührt.

„Nicht der Rede wert. Es ist mir wirklich eine Freude. Ich hoffe Sie finden etwas Schönes das Sie darin aufbewahren wollen."

„Den Schmuck meiner Mutter.", sagte sie mit etwas leiserer Stimme.

„Das wird ihr sicher gefallen.", sagte von Löwenstein.

„Das hätte es. Meine Mutter ist leider vor zwei Jahren gestorben.", sagte Austeja.

„Entschuldigen Sie Austeja. Das tut mir wirklich sehr leid. Ich kann mir vorstellen, was das für ein Verlust gewesen sein muss.", antwortete Vincent mitfühlend.

„Können Sie das wirklich? Oder sagen Sie das nur genauso daher wie jeder andere?" Austejas Stimmung hatte sich schlagartig geändert, zu oft hatte sie sich diese Floskel anhören müssen. Sie gab ihm keine Gelegenheit etwas zu erwidern, sie drehte sich um, um das kleine

Geschäft zu verlassen. Von Löwenstein legte es nicht darauf an, ihr zu erklären warum er sehr wohl nachempfinden konnte, was sie empfand. Es war zwar schon viele Jahre her, aber es verging kaum ein Tag, an dem er nicht an seine verstorbenen Eltern dachte. Nach wenigen Schritten hatte er sie eingeholt. Schweigend gingen sie durch die Gassen, jeder in Gedanken an die eigene traurige Vergangenheit versunken. Austeja ärgerte sich über ihren emotionalen Ausbruch. Woher sollte Vincent ahnen, dass ihre Mutter nicht mehr lebte. Sie wollte gerade zu einer Entschuldigung ansetzen. In diesem Moment erklang aus der Ferne der Ruf des Muezzins zum Gebet. Auch wenn von Löwenstein kein religiöser Mensch war, der Ruf zum Gebet war für ihn etwas, das er untrennbar mit dem Orient verband. Er war so abrupt stehen geblieben, dass er nicht mitbekam, dass Austeja sich gerade zu ihm umgedreht hatte. Sie betrachtete den ihr eigentlich noch so unbekannten Mann, wie er andächtig dem Muezzin lauschte.

Sie hatten den Tag zusammen genossen, aber nun wollten sie beide wieder in ihr Hotel zurück. Von Löwenstein winkte ein Taxi heran. Kurz nachdem sie eingestiegen waren klingelte Austejas Handy.

„Labas", sie wählte die litauische Variante »Hallo« zu sagen. Ihr Gesicht erhellte sich, als ihr Vater sie am anderen Ende der Leitung begrüßte. Sie unterhielt sich die gesamte Rückfahrt mit ihm, dabei blickte sie mehrfach entschuldigend zu Vincent herüber. Damit sie nicht das Gefühl hatte sich dauernd entschuldigen zu müssen, ergriff er einfach ihre freie Hand und hielt sie fest. Die Berührung erfüllte ihren Zweck, Austeja sprach nun entspannter. Nach dem üblichen Sicherheitscheck an der Einfahrt zu ihrem Hotel stiegen sie aus.

„Wollen wir später noch eine Kleinigkeit essen gehen?", fragte Vincent sie.

„Das würde ich wirklich liebend gerne, aber ich reise morgen früh für ein paar Tage nach Vilnius. Ich danke Ihnen sehr für den netten Tag und vor allem für die schöne Schatulle."

Er konnte ihr ansehen, dass sie noch etwas auf dem Herzen hatte.

„Es tut mir leid, dass ich vorhin auf einmal so impulsiv war. Es war nicht so gemeint, verzeihen Sie mir bitte.", sie lächelte ihn an und gab ihm zum Abschied einen sanften Kuss auf die Wange. Er konnte ihre warmen, vollen Lippen spüren.

Vincent war derart überrascht, dass er nichts erwidern konnte.

Die Verabschiedung der beiden blieb nicht unbemerkt. Das was Sinclair gesehen hatte, gefiel ihm nicht, er musste verhindern, dass die beiden weiterhin Kontakt miteinander hatten. Er wusste auch schon, wie er das bewerkstelligen würde. Er hatte einen sehr langen und harten Weg hinter sich und er sah nicht ein, dass dieser in den Reichtum hineingeborene Aristokrat ihm jetzt in die Quere kam. Sinclair saß in einem der Sessel der Lobby und dachte mit Zorn an seine schwere Kindheit zurück. Die Erinnerung an die Armut und den Spott, dem er in seiner Jugend ausgesetzt war, war zeitlebens sein Antrieb gewesen, es um jeden Preis zu etwas zu bringen. Egal welche Opfer es gekostet hatte oder noch kosten würde.

Kapitel 8

Direkt gegenüber von dem Hotel lag der größte Park der Stadt, der *»Martyr Sami Abdul-Rahman Park«*. Die Anlage war mehrere km² groß und verfügte über zwei Seen, auf denen man mit kleinen Ruderbooten seine Runden drehen konnte. Der Ort war bei Familien beliebt um der Hitze in der Stadt zu entkommen. Es war 03:00 Uhr in der Nacht und der Park war bis auf einen dunkel gekleideten Mann auf einer Bank, menschenleer. Er wartete seit etwa 15 Minuten auf den Anrufer, der ihn vor wenigen Stunden kontaktiert hatte. »Es stünde eine Planänderung an.«, hatte er ihm gesagt. Es war ein unvorhergesehenes Problem aufgetreten, welches nun beseitigt werden sollte. Probleme zu beseitigen war das, was er am besten konnte.

Der Mann auf der Bank musste nicht lange warten, bis sein Auftraggeber an den verabredeten Treffpunkt kam und sich neben ihn auf die Parkbank setzte.

„Ist das nicht eine herrliche Nacht Oberst?" begann der Fremde das Gespräch.

„Fassen Sie sich kurz Sinclair. Sie wissen, dass es riskant ist wenn wir uns in der Öffentlichkeit treffen. Was für ein Problem haben Sie?", erwiderte er kurz angebunden. Der Oberst war ein Mann, der nicht lange um den heißen Brei herumredete.

„WIR haben ein Problem. Sie stecken genauso tief in der Sache wie ich. Sie profitieren in gleichem Maße, wenn wir unser Ziel erreichen. Das sollten Sie niemals vergessen", sagte Sinclair zu dem Oberst.

Nur einem verschwindend kleinen Kreis war die wahre Identität des Oberst bekannt. Seine politischen Ambitionen gepaart mit seiner religiösen Weltanschauung machten ihn zu einem sehr gefährlichen Mann. Sie hatten beide schnell festgestellt, dass sie ähnliche Ziele verfolgen. Bisher war alles so eingetroffen, wie der Engländer es vorhergesagt hatte. Es gab also keinen Grund, ihm nicht zu vertrauen, sobald dies der Fall sein würde, würde er ihn einfach töten.

„Ich möchte dass Sie von Löwenstein etwas beschäftigen Oberst. Arrangieren Sie, dass er eine offizielle Einladung für die Ausgrabungen auf der Zitadelle erhält."

„Soll ich mich nicht besser persönlich um ihn kümmern?", gab der Oberst zu bedenken. Sinclair ging ihm für seinen Geschmack einfach zu diplomatisch vor. Ihm fehlte der Biss, den man in diesem Geschäft benötigte. Diesen Biss hatte der Oberst schon sehr früh kennenlernen müssen. Er war in schweren Zeiten im Irak aufgewachsen, Zeiten, in denen ein Menschenleben nicht viel wert gewesen war. Er hatte schnell festgestellt, dass es ihm Spaß machte, ja regelrechtes Vergnügen bereitete, anderen Lebewesen Schmerzen zuzufügen und zu quälen. Später hatte er die Methoden der »peinlichen Befragung« perfektioniert. Es war eigentlich eine Schande, aber er musste zugeben, dass man in dieser Hinsicht aus den Büchern der Ungläubigen aus dem dunklen Mittelalter viel lernen konnte. Die Männer der Inquisition waren kreative Köpfe gewesen, wenn es darum gegangen war, an Informationen zu gelangen, oder um einfach ein Geständnis zu erpressen.

„Oberst!? Haben Sie mir überhaupt zugehört? Ich möchte zum jetzigen Zeitpunkt so wenig Aufmerksamkeit wie möglich erregen. Das letzte, was wir jetzt noch brauchen, sind Nachforschungen wegen des Grafen. Außerdem benötigen wir noch seine Dienste. Er ist der einzige, der den Präsidenten und die Minister an einen Tisch bringen kann. Das sollten Sie doch am besten wissen. Wir lösen dass eleganter, kümmern Sie sich einfach um die Einladung. Ach ja, vergessen Sie nicht die zwei »Freiwilligen« für die anstehenden Testreihen."

Der Oberst verstand, dass das Gespräch damit beendet war und verlies grußlos den Ort der kurzen Unterredung. Sein Gesprächspartner blieb noch etwas sitzen. Sinclair hatte sich in der Branche durch seine rücksichtslose Vorgehensweise einen Namen gemacht. Vor allem fiel er dadurch auf, Widersacher und Mitstreiter, die ihm gefährlich werden konnten, skrupellos aus seinem Einflussbereich zu entfernen. Das Spiel mit der Intrige war ganz nach seinem Geschmack. Eine kurze, rein dem Lebenslauf geschuldete, Zeit an einer Militärakademie öffnete einem Mann mit seinen Talenten Tür und Tor für den militärisch-industriellen Komplex. In wenigen Tagen würde auf dem Messegelände die Iraq *Medicare* stattfinden, eine der wichtigsten Medizinmessen im Middle-East. Dort würde die gesamte Führungselite der Autonomen Region Kurdistan erwartet. Und zwar nur dank eines Mannes, des Grafen von Löwenstein. Nicht mehr lange und die politische Landkarte würde sich hier ein für alle Mal verändert haben. Zufrieden mit sich und seinen Plänen stand Sinclair auf und verließ den Park in Richtung Hotel.

Am nächsten Morgen war Vincent gerade mit den historischen Plänen der Zitadelle beschäftigt, als Fredrick mit einem Schreiben vom Hotelempfang kam.

„Sir Vincent, das Schreiben wurde eben für Sie abgegeben.", sagte Fredrick.

Vincent las den Namen des Absenders und überflog den Inhalt.

„Das ist vom Ausgrabungsleiter der Zitadelle. Ich bin eingeladen ihn bei seiner Tätigkeit vor Ort zu unterstützen und soll dort in den nächsten Tagen vorbeischauen.", sagte er zu Fredrick. Da der Termin mit Präsident *Barzani* noch nicht feststand, würde die Arbeit auf der Zitadelle eine willkommene Abwechslung für ihn sein.

Kapitel 9

Vilnius, Litauen

Austeja freute sich darauf, ihren Vater wiederzusehen. Der Flughafen von Vilnius war klein für einen Hauptstadtflughafen und es war nur ein kurzer Weg vom Gate zur Gepäckausgabe. Ihr Koffer war einer der ersten, sie ging die wenigen Meter vom Gepäckband Richtung Ausgang an einer grimmig dreinblickenden Zöllnerin vorbei. Die Empfangshalle war überschaubar und Austeja sah ihren Vater recht schnell in der Nähe der gegenüberliegenden Ausgangstüren.

„Papa!" rief sie freudestrahlend und rannte auf ihren Vater zu. Nojus Simonaitis legte seine Arme um seine Tochter.

„Austeja! Wie geht es Dir mein Engel?", fragte ihr Vater mit sanfter Stimme.

„Zu Hause geht es mir immer gut, das weißt Du doch." Der feste Griff seiner herzlichen Umarmung tat ihr gut.

„Komm, meine Kleine, lass uns fahren.", sagte ihr Vater, obwohl seine Tochter etwas größer war als er. Er nahm ihren Koffer und führte sie zu dem betagten, dunkelgrünen *Volvo*.

Die Fahrt war für Austeja mit vielen Erinnerungen verbunden, hier in Vilnius war sie aufgewachsen, hier hatte sie ihre Jugend verbracht, hier war ihre Heimat. Sie hatte die Fensterscheibe heruntergekurbelt und genoss den milden Fahrtwind auf ihrem Gesicht, der ihre Haare wild umherwirbeln lies.

Als sie an einem der Friedhöfe von Vilnius vorbeifuhren, musste Austeja wehmütig an ihre Mutter denken. Ihr Vater, ein angesehener Virologe und Mediziner, hatte tatenlos mit ansehen müssen wie seine geliebte Frau, den Kampf gegen den Krebs verloren hatte. Daran war er fast zerbrochen. Es hatte lange gedauert, bis er sich im Leben alleine zurechtgefunden hatte, fast 30 Jahre Ehe legte man nicht von einem auf den anderen Tag ab. Umso mehr freute es Austeja, ihren Vater so gutgelaunt zu sehen.

Nach 30 Minuten Fahrzeit waren sie an ihrem Ziel angekommen. Austeja war in einem großen Haus mitten in der Altstadt von Vilnius aufgewachsen. Es war ein wunderschönes, dreistöckiges Gebäude im klassizistischen Stil.

Als Austeja aus dem Wagen ausgestiegen war konnte sie den Duft des nahenden Sommers riechen. Das Gras im Park war gerade frisch gemäht worden. Sie liebte diesen Geruch. Ihr Vater holte den Koffer aus dem Heck des Wagens und trug ihn die kleine Vortreppe hoch zur Eingangstür. Sie standen beide im Wohnzimmer. An zwei Wänden standen gut gefüllte Bücherregale. Die einzige freie Fläche war mit einem vergrößerten Bild geschmückt das Austeja, im Alter von etwa 13 Jahren, mit ihren Eltern zeigte. Sie saßen im Garten ihres Hauses auf einer Picknickdecke und strahlten gemeinsam um die Wette. Ihre Augen begannen sich mit Tränen zu füllen bei der Erinnerung an die schönen Moment ihrer vergangenen Jugend. Ihr Vater legte den Arm um seine Tochter und zog sie an sich. Er konnte ihren Schmerz nur zu gut nachvollziehen.

„Ich bin nie wirklich über den Verlust Deiner Mutter hinweggekommen.", sagte er mit melancholischer Stimme. „Sie und Du, ihr seid der Sinn und die Freude meines Lebens, ohne sie bin ich nicht mehr komplett Austeja. Deine Mutter war weit mehr als nur meine Ehefrau. Sie war meine Vertraute, mein Freund und loyaler Partner." Nojus Simonaitis konnte seine Trauer nicht mehr verbergen. Zwei Jahre waren seit ihrem Tod vergangen, ihm kam es vor, als sei es erst gestern gewesen. Seine Tochter drehte sich zu ihm um und umarmte ihren Vater.

Austeja bemerkte trotz aller Trauer, dass ihren Vater mehr bedrückte.

„Papa, was ist der Grund, warum ich so dringend nach Hause kommen sollte? Und in welcher Beziehung stehst Du zu diesem Doktor Sinclair?", sagte sie.

Nojus schenkte sich und seiner Tochter von dem Weißwein nach, den er für sie beide geöffnet hatte.

„Es fällt mir nicht leicht, Dir davon zu erzählen. Das alles hat seinen Anfang vor langer Zeit genommen, Anfang der 90er Jahre als sich Litauen von der sowjetischen Besatzung befreite. Es gab zu diesem Zeitpunkt ein paar Vorfälle die Sinclair jetzt gegen mich als Druckmittel benutzt." Austeja atmete hörbar ein und wollte zu einer Erwiderung ansetzen, ihr Vater gebot ihr jedoch mit einer Handbewegung ihn nicht zu unterbrechen.

„Ich weiß, dass Du Fragen hast, Du musst mir aber vertrauen. Wenn die Zeit reif ist werde ich Dir alles genauer erklären. Jetzt möchte ich, dass Du mir genau zuhörst und meine Anweisungen strikt befolgst!" Ihr wurde wieder bewusst, dass sie es mit einem erfahrenen Virologen und hohem Militär zu tun hatte. Einem Mann der mehrere Generationen von jungen Forschern im Umgang mit höchst gefährlichen Biokampfstoffen ausgebildet hatte. Ihr Vater hatte lange Jahre in Kolzowo, in der damaligen Sowjetunion, eine Forschungseinrichtung der höchsten Sicherheitsklasse IV geleitet. General a.D. Dr. Nojus Simonaitis war viele Jahre Leiter des staatlichen Forschungszentrums für Virologie und Biotechnologie *(VECTOR)* gewesen. *VECTOR* war Teil des sowjetischen *Biopreparat* Programms, das für die biologische Kriegsführung zuständig gewesen war. Bei dieser Arbeit musste man sich unmissverständlich und deutlich ausdrücken. Ihr Vater ging aus dem Raum. Es dauerte nur einen Moment und er kam mit zwei kleinen Behältern in der Hand zurück. Austeja wusste, dass es sich um Biotubes handelte. Behältnissen, in denen man harmlose Bakterien oder auch gefährlichste Biokampfstoffe transportieren konnte.

„Ich möchte, dass Du diese Behälter mit nach Erbil nimmst und sie dort Sinclair übergibst.", sagte er zu seiner Tochter. Austeja blickte ihren Vater erschrocken an.

„Was befindet sich darin? Papa das sind Biotubes, ich bin lange genug die Tochter eines Mediziners, um das zu erkennen."

„In den Behältern befindet sich ein Impfstoff Austeja." Nojus war froh, dass dieser Teil der Wahrheit entsprach und er seine Tochter nicht anlügen musste.

„Ein Impfstoff? Ein Impfstoff für was Papa? Ich verstehe nicht..."

„Ich habe in seinem Auftrag einen Impfstoff entwickelt Austeja. Ich habe Dir gesagt ich erkläre es Dir wenn Du wieder da bist. Ich möchte, dass Du Sinclair den Behälter gibst und dann umgehend wieder nach Vilnius kommst! Hast Du das verstanden! Du wirst sofort wieder den Irak verlassen und nach Hause fliegen." Austeja schaute ihren Vater verwundert an. In diesem Ton hatte er zuletzt mit ihr gesprochen, als sie kurz davor war ihr Abitur nicht zu Ende bringen zu wollen. Sie sah ihm an, dass für ihn das Thema beendet war. Enttäuscht drehte sie sich um und ging die Stufen hinauf in ihr Zimmer. Nojus Simonaitis blickte niedergeschlagen zu Boden, es nagte an ihm so mit seiner Tochter gesprochen zu haben. Aber er konnte ihr die ganze grausame Wahrheit einfach nicht zumuten. Er kannte seine Tochter, wenn sie die wahren Hintergründe herausfand, würde sie sicher irgendeine Dummheit unternehmen.

Die Verabschiedung von ihrem Vater zwei Tage später war kurz. Er ermahnte sie nochmals, nach der Übergabe, so schnell wie möglich zurückzufliegen. Austeja dachte den ganzen Flug nach Erbil über das Gespräch mit ihrem Vater nach. Die beiden kleinen Behälter hatte sie zur Tarnung in Zigarrenhülsen gesteckt. Die Tatsache, dass die Kontrollen am Flughafen in Vilnius nicht so streng waren, erleichterte ihr Vorhaben. Sie beschlich das ungute Gefühl, dass ihr Vater ihr nicht die ganze Wahrheit erzählt hatte. Sollte sie von Löwenstein einweihen und ihn um Rat fragen? Er schien ein intelligenter, ehrlicher Mann zu sein. Sie mochte ihn. Aber sie entschied sich vorerst dagegen. Sie konnte es sich nicht erlauben, ein Risiko einzugehen. Es dauerte nicht lange und das monotone Brummen der Flugzeugtriebwerke ließ sie in einen unruhigen Schlaf fallen.

Kapitel 10

Sinclair benutzte für die Kommunikation mit dem Oberst eine seiner SIM-Karten und ein Prepaid Handy. Er wusste, dass die mobilen Verbindungen in diesem Teil der Welt fast lückenlos von der *NSA (National Security Agency)* überwacht wurden. Das Handy war eines von vielen, die ihm ein Mittelsmann besorgt hatte. Es war nicht mit seinem Namen in Verbindung zu bringen und er würde es wie immer nach zwei Tagen entsorgen und dann ein neues Gerät mit neuer Karte benutzen. Eine Rückverfolgung zu ihm war so gut wie unmöglich.

„Oberst, heute bekommen wir sehr wertvolle Fracht. Ich erwarte Sie dann an unserem Treffpunkt.", sagte Sinclair und beendete das Gespräch. Er wollte den Impfstoff erst testen, um sicherzugehen das ihn der alte Litauer nicht zum Narren halten würde.

Sein großer Tag rückte näher und er empfand so etwas wie Vorfreude. In wenigen Tagen würde er, den seiner Meinung nach rückständigen Kurden, zeigen mit wem sie es zu tun hatten. »Nachhaltig, Interessen seines Volkes«, die Worte des kurdischen Präsidenten klangen ihm noch immer im Ohr. Konnte der Mann nicht einfach das Geld einstecken, so wie das jeder andere Despot vor ihm in der langen Geschichte des Landes gemacht hatte. Seit wann Interessierten sich die lokalen Politiker hier für ihr Volk? Sinclair verachtete den Präsidenten für sein Werteempfinden. Seiner Meinung nach waren moralische Skrupel ein Zeichen der Schwäche und so jemand war nicht geeignet, ein zu Land lenken. Zumal der Irak für Sinclair nur der Anfang war, nur der erste Teil eines viel größeren Puzzles.

Sinclair gefiel auch nicht, dass der Graf so viel Zeit mit Austeja verbrachte. Konnte von Löwenstein nicht einfach die Rolle spielen, die er ihm zugedacht hatte? Er hatte seine Sache bisher gut gemacht und die ganze Aufmerksamkeit auf die kulturellen Aspekte gelenkt. Von Löwenstein war ein Garant für gute Presse, und Politiker, egal wo auf der Welt, liebten gute Publicity. Dass dieser jetzt aber gefallen an der, zugegeben sehr hübschen, Pianospielerin gefunden hatte, musste er unterbinden. Er hatte veranlasst, von Löwenstein etwas zu seiner Beschäftigung geben. Sinclair griff nach seinem offiziellen Mobiltelefon.

„Graf von Löwenstein, ich hoffe Sie sind mir wegen meines verbalen Fehlgriffs nicht mehr böse. Ich hätte Ihnen in der Sache mehr Vertrauen schenken sollen.", begann Sinclair das Gespräch.

„Ich muss zugeben, ich war zu anfangs sehr irritiert Doktor Sinclair.", sagte von Löwenstein.

„Um unseren guten Willen zu zeigen, möchte ich Sie bitten persönlich bei den Arbeiten in der Zitadelle vor Ort zu sein. Ein Mann mit Ihrem Ansehen und Wissen auf diesem Gebiet wird den Prozess bei der *UNESCO (Organisation der Vereinten Nationen für Bildung, Wissenschaft und Kultur)* die Zitadelle als Weltkulturerbe anzuerkennen, sicher beschleunigen. Uns bleibt nicht mehr viel Zeit, darum wäre ein schnellstmöglicher Beginn Ihrer Arbeit dort von größter Wichtigkeit.", sagte Sinclair.

Von Löwenstein erwähnte dass er zufälligerweise vor ein paar Tagen bereits eine Einladung erhalten hatte, die Ausgrabung zu besuchen. Nicht ahnend, dass dies auf Veranlassung von Sinclair geschehen war. Es war eine Gelegenheit, die er sich nicht entgehen lassen würde. Er teilte die Meinung Sinclairs, dass sich sein Engagement positiv auf die Gespräche auswirken würde. Denn zugegebener Maßen war von Löwenstein *der* Experte auf dem Gebiet des historischen Festungsbaus. Bereits sein Vater war im Auftrag des *DAI (Deutsches Archäologisches Institut)*, vor vielen Jahren bei der Erforschung der Zitadelle von Erbil beteiligt gewesen.

„Ich werde heute noch den Chefarchäologen aufsuchen Doktor Sinclair.", beendete von Löwenstein das Gespräch.

Der Vorstandsvorsitzende der *DSEE* war zufrieden mit dem Verlauf des Gespräches. Von Löwenstein war für die nächsten paar Tage beschäftigt und somit erst einmal aus dem Weg. Nun konnte er sich in aller Ruhe den finalen Arbeiten seines Plans widmen.

Im *Divan* eingetroffen begab Sinclair sich auf direktem Weg zu Austejas Zimmer. Er klopfte an ihre Tür, die kurz darauf geöffnet wurde. Austejas gute Laune war augenblicklich verflogen. Unsicher wich sie einen Schritt von der Tür zurück. Ihr Mund wurde trocken. Sie konnte die Boshaftigkeit Sinclairs förmlich spüren.

„Fräulein Simonaityté, wie war Ihr Besuch bei Ihrem geschätzten Herrn Papa?" fragte Sinclair spitzzüngig. Er trat unaufgefordert in ihr Zimmer ein und nahm in dem bequemen Sessel am Fenster Platz. Sie gab sich Mühe ein freundliches Gesicht aufzusetzen. Wenn sie Sinclair um den Finger wickeln wollte, dann musste sie ihn bei Laune halten.

„Es war schön zu Hause und mein Vater hat mir ein kleines Präsent für Sie mitgegeben." Sie übergab Sinclair das Päckchen, dabei blickte sie unschuldig wie ein Lamm zu ihm. Sinclair nahm das kleine Päckchen und betrachtete es kurz. Eine Falte zog sich quer über seine Stirn.

„Sind Sie sich sicher, dass Sie nur dies eine Päckchen für mich haben?", fragte er. Sein Tonfall klang dabei gefährlich und hinterhältig.

„Ja, mein Vater meinte, es sei sicherer, nicht beide auf einmal zu transportieren, wegen des Zolls!"

„Wegen des Zolls?", Sinclair war irritiert von dieser Antwort. Er hatte klare Anweisungen gegeben, beide Behälter übergeben zu bekommen.

„Wenn ich mit Waren einreise die einen zu hohen Wert haben, hätte ich das ja angeben müssen. Schließlich handelt es sich doch um sehr wertvolle Füllfederhalter mit Bernsteinintarsien, meinte mein Vater.", sagte Austeja weiter die Ahnungslose spielend.

„Natürlich, wie konnte ich das vergessen. Mein alter Freund Nojus hat mal wieder an alles gedacht." Sinclair presste die Worte mehr hervor, als das er sie aussprach. Eine Zornesfalte verlief quer auf seine Stirn.

„Wann darf ich mit dem anderen Füller rechnen? Es sind Geschenke für den Präsidenten und seine Gattin und ich möchte ungern mit leeren Händen für einen der beiden dastehen."

„Morgen wird die Sendung hier ankommen.", log Austeja erneut.

„Gut, dann sehen wir uns morgen wieder!" Der Satz klang in ihren Ohren wie eine Drohung. Er erhob sich und verließ ihr Zimmer.

Wollte der alte Narr ihn auf den Arm nehmen? Er konnte sich kaum vorstellen, dass der Mann solch ein Risiko eingehen würde. Er wusste nur zu gut, was auf dem Spiel stand. Sinclair war sich zwar nicht sicher, was Austeja über die Sache wusste, aber er wurde das Gefühl nicht los, das sie ihm nicht die ganze Wahrheit gesagt hatte. Täuschte er sich oder spielte sie ein Spielchen mit ihm? Er musste etwas unternehmen, und zwar schnell. Sinclair würde ihr Zimmer durchsuchen lassen. Sollte er nicht dass finden was er suchte, gäbe es andere Mittel und Wege um an die gewünschte Information zu kommen.

Austeja klopfte das Herz noch immer bis zum Hals, was hatte sie sich nur dabei gedacht. Sie hatte einfach auf ihre innere Stimme gehört und die beiden Biotubes gegen eine leere Zigarrenhülse ausgetauscht. Austeja fühlte instinktiv, dass ihr Vater ihr nicht die ganze Wahrheit gesagt hatte. Sie nahm die beiden Behälter aus ihrer Tasche, versteckte einen in der Schmuckschatulle, die ihr von Löwenstein geschenkt hatte. Den zweiten Biotube sperrte sie in ihren Hotelsafe. Sie beschloss ihren Vater anzurufen. Wenn er ihr nicht verraten würde was hier vorging würde sie nicht nach Hause fliegen.

Etwas außerhalb von Erbil, in einer ländlichen Region, bearbeitete gerade Beram Mohammed das letzte Stück seines Feldes. Er spürte die anstrengende Arbeit eines langen Vormittags in seinen Knochen. Der drahtige Bauer wischte sich den Schweiß von der Stirn. Die Sonne hatte den ganzen Morgen über vom Himmel gebrannt. Beram war ein einfacher Mann, ein Kleinbauer, wie es viele davon in dieser Region gab. Er freute sich darauf in seinem bescheidenen Heim, mit seiner kleinen Familie, gemeinsam zu Essen. Später würde er, wie jeden Abend, seinem kleinen Sohn eine Gute-Nacht-Geschichte vorlesen. Er wusste, wie sehr sein Junge diese gemeinsame Zeit herbeisehnte. Beram war stolz darauf, lesen und schreiben gelernt zu haben. Er selbst war ohne Vater aufgewachsen. Die Liebe zu seinem Sohn war der Antrieb, warum er so hart arbeitete, er wollte seinem Jungen damit den Besuch einer guten Schule ermöglichen. Er war gerade dabei im Stall den Ochsen abzuspannen, als ein Militärjeep den staubigen Weg zu ihm fuhr und kurz darauf zwei uniformierte Soldaten ausstiegen. Beim Eintreten in den Stall vernahmen sie den typischen Stallgeruch und rümpften etwas die Nasen. Allem Anschein nach waren das keine Landkinder, dachte Beram belustigt. Einer der Soldaten sprachen ihn auf Sorani an, dem lokalen kurdischen Dialekt.

„Rojbas!", begrüßte ihn der ältere der beiden.

„Rojbas!", erwiderte Beram den Gruß.

„Unsere Ärzte haben bei Bodenproben festgestellt, dass es auf Ihrem Grundstück, bei einigen Grenzwerten, zu Überschreitungen gekommen ist. Wir müssen Sie bitten mit uns zu kommen." Der Soldat schaute ihn durch seine getönte Sonnenbrille an. Der Oberst hatte ihn instruiert so vage wie möglich zu bleiben.

„Von was für Werten sprechen Sie? Sind meine Familie oder die Tiere in Gefahr?" Beram blickte besorgt in Richtung seiner wenigen Tiere die er hielt. Seine Familie lebte von dem, was die Hühner und Schafe zum Leben hergaben.

„Das wissen wir nicht genau, aber es besteht keine akute Gefahr für Ihre Familie. Wir können Ihnen versichern, dass Sie die Untersuchungen nichts kosten werden. Es ist nur eine Routineuntersuchung.", der Soldat wusste, dass die einfache Landbevölkerung es sich nicht erlauben konnte, einen teuren Arzt aufzusuchen.

„Wenn Sie jetzt gleich mitkommen, dann führen die Ärzte die Tests durch und wenn es ein Problem geben sollte können diese sich gleich darum kümmern. Wenn alles in Ordnung ist, sind Sie morgen schon wieder zu Hause."

Beram war in einer Zeit groß geworden, in der man Soldaten besser nicht widersprach und außerdem hatte der Soldat gute Argumente. Wenn es wirklich ein Problem geben würde, wäre es gut, wenn man sich gleich darum kümmern würde. Er brachte den Ochsen in den Stall und versorgte seine Tiere mit Futter und Wasser. Danach verabschiedete er sich von seiner schwangeren Frau und seinem Jungen. Der kleine Roni hatte seinem Vater versprechen müssen gut auf seine Mutter aufzupassen. Sein Sohn hatte kurz geweint, weil er heute ohne sein geliebtes Vorleseritual zu Bett gehen musste. Den ganzen Tag hatte er sich darauf gefreut, dass sein Vater ihm ein weiteres Kapitel der spannenden Drachengeschichte vorlesen würde. Beram versprach ihm bald wieder da zu sein. Er nahm das kleine Gesicht in seine von der harten Arbeit rauen Hände und küsste seinen Sohn zärtlich auf die Stirn. Traurig und wie ein Häufchen Elend stand der Junge an der Tür. Er hielt die Hand seiner Mutter fest und winkte seinem Vater zum Abschied.

Kapitel 11

Von Löwenstein genoss die Arbeit in der Zitadelle, hier war er in seinem Element. An Orten wie diesen, hatte er immer das Gefühl, Teil der Geschichte zu sein. Die Zitadelle wurde von einigen Forschern, mit ihrer fast 8000 Jahre ununterbrochenen Besiedlung, als ältester durchgehend bewohnter Ort der Menschheit betrachtet. Aus diesem Grund war es während der Sanierungsarbeiten einer einzigen Familie gestattet, dort wohnen zu bleiben. Nur, um diesen besonderen Status zu erhalten. Am meisten empfand er an dieser Grabungsstätte eine Art inneren Frieden. Er wusste, dass sein Vater eben hier an diesem Ort gearbeitet hatte und er fühlte sich ihm auf eine fast schon physische Weise nah. Er war bereits seit zwei Stunden damit beschäftigt, in dem Glutofen Tonscherben zu datieren. Es gab, was die Erforschung der kurdischen Kulturgüter anging, einen erheblichen Nachholbedarf. Von Löwenstein nahm sich eine der Karten aus dem Regal im provisorischen Büro des Ausgrabungsleiters. Er wollte eine Gegend der Zitadelle erkunden, die noch nicht komplett kartographiert war. Es war früher Mittag, aber es herrschte bereits eine unerträgliche Hitze. Die Sonne strahlte hell vom Himmel und sein hellbraunes Bauwollhemd klebte an seinem Körper. Von Löwenstein nahm seinen Hut ab und wischte sich mit einem Tuch den Schweiß von der Stirn. Der Wind wirbelte ab und an Staub vom Boden auf, der ihm lästig ins Gesicht wehte. Auf seinen Expeditionen war er immer mit einer alten, khakifarbenen Militärumhängetasche aus Baumwolle ausgerüstet. Die Tasche hatte ihm sein Vater zu seinem 14. Geburtstag geschenkt. In der Tasche befand sich das Notwendigste, dass man für solche Erkundungstouren benötigte. Nachdem er sich den Weg auf der Karte eingeprägt hatte, ging er los.

Auf halbem Weg von Erbil nach Khalifan das ca. 90 km nordöstlich von Erbil lag, gab es eine verlassene Militärstation. Diese war noch aus der Zeit, als der kurdische Teil noch nicht autonom war. Von daher wusste kaum jemand etwas von dem Areal. Die Anlage war lange nicht mehr in Gebrauch gewesen und wie geschaffen für die Zwecke von Sinclair. Ein Teil der unterirdischen Räume war von seinem Team zu einem Minilabor mit Isolierkabinen hergerichtet worden. Sinclair hatte sich der Künste von Dr. Simonaitis bedient und nun würde er hier das Ergebnis überprüfen.

Seine Männer brachten gerade die zwei »Freiwilligen« in das Labor. Man hatte die beiden Bauern unter einem Vorwand hier in den Komplex gebracht. Sinclair war sich bewusst, dass sie die beiden Männer einem gefährlichen Risiko aussetzten. Aber das konnte ihm egal sein. So oder so würde er das Risiko nicht eingehen die beiden am Leben zu lassen.

Nicht weit von dem Komplex entfernt lag ein kleiner Junge traurig in seinem Bett und schaute auf das abgegriffene Lesebuch neben sich. Er vermisste seinen Vater und zerbrach sich gerade seinen kleinen Kopf darüber wie er später, ohne ihr übliches Vorleseritual, einschlafen sollte. Seine Mutter stand in der Tür und sah auf ihren Sohn, sie hatte ein Schmunzeln um den Mund, wie sehr Roni schon seinem Vater ähnelte. Sie forderte ihren Sohn auf ihr im Haushalt etwas zu helfen, um ihn auf andere Gedanken zu bringen.

Kapitel 12

Von Löwenstein war den ganzen Mittag über unterwegs gewesen. Vorbei an dem alten Palast und der Moschee, die an der von Nord nach Süd verlaufenden, schmalen Hauptstraße in der Zitadelle lagen. Er ging hier in den ältesten Teilen der historischen Festung auf unbefestigten, sandigen Wegen. Ein paar Bäume und Sträucher, meist anspruchslose Gewächse, wuchsen vereinzelt vor den Häusern und am Wegesrand. Die Zitadelle lag auf einem riesigen Felsen, ca. 50 Meter hoch über der Altstadt gelegen. Die Ausdehnung betrug ungefähr 550 x 450 Meter. Sie lag mitten im Zentrum von Erbil.

Er erkundete gerade ein Zimmer in einem der alten Lehmhäuser. Seine Kleidung war schmutzig von der Arbeit auf den Knien. Die Arbeit war sehr schweißtreibend, in manchen Zimmern musste er Gerümpel beiseite räumen, um den Boden untersuchen zu können. Er war erschöpft von der anstrengenden Arbeit und sein Gesicht war bedeckt aus einem Gemisch von Dreck und Staub. Von Löwenstein nahm seine Trinkflasche und füllte seinen Becher. Beim Versuch, den Becher auf den Boden zu stellen, glitt dieser aus seiner Hand und fiel auf den Boden.

Vincent bückte sich, um sein Trinkgefäß wieder aufzuheben. Zu seiner Verwunderung konnte er nur eine winzige Pfütze erblicken. Irgendwie musste das Wasser abgelaufen sein. Er konnte sich nicht vorstellen, dass der Boden das Wasser so schnell absorbiert haben würde. Er rückte den Hocker zur Seite und untersuchte den Untergrund nun etwas genauer. Neugierig schob er eine alte Strohmatte zur Seite und konnte die Umrisse einer Steinplatte erkennen, die passgenau in den Boden eingearbeitet war. Von Löwenstein pustete den Staub aus den Fugen, bis er deutlich das ganze Ausmaß der Platte erkennen konnte. Er hatte den Becher direkt über der Matte umgeschmissen. Über die Fugen war das Wasser nach unten abgelaufen. Manchmal musste einem der Zufall etwas zu Seite stehen, dachte er. Von Löwenstein suchte nach einer Möglichkeit die Platte anzuheben. In der Mitte an einem der Enden befand sich eine Öffnung, die in etwa das Ausmaß einer Münze hatte. Er befestigte einen Nagel an einem Stück Paracord. Wenn er es geschickt anstellen würde, könnte er den Nagel in der kleinen Öffnung beim Hochziehen so verkeilen, dass dieser die Platte anheben würde. Nach wenigen Versuchen hatte Vincent Erfolg und bewegte die Klappe so weit nach oben, dass er sein Messer in den entstehenden Spalt stecken konnte. Diesen Hebel nutzend, konnte er die Platte weiter anheben. Unter sich sah er eine dunkle Öffnung, gerade groß genug um eine Person durchzulassen. Der Graf machte seine Taschenlampe an und stieg durch den schmalen Einstieg in das Dunkel des Kellerraumes.

Vorsichtig stieg er die Stufen hinab, bis er in einem kleinen Raum stand. Die Luft roch leicht vermodert, war jedoch angenehm kühl. Bisher hatte man noch nie einen Kellerraum in einem der Gebäude in der Zitadelle entdeckt. Die Zitadelle stand schließlich auf massivem Felsgestein. Von Löwenstein musste sich leicht gebückt bewegen, er schätzte, dass die Deckenhöhe nur ca. 1,70 m maß. In dem kleinen Raum standen nur ein paar verwitterte Bretter. Gegenüber der Stufen konnte er in der Wand Umrisse einer bogenförmigen Öffnung erkennen. Er leuchtete in das Loch und blickte in einen Gang. Dieser musste in mühevoller Arbeit aus dem Fels gehauen worden sein. Seine Müdigkeit war verflogen. Die Neugier des Forschers in ihm war geweckt. Er nahm einen kurzen Eintrag in sein kleines, ledergebundenes Notizbüchlein vor und verstaute dieses dann wieder sorgfältig in seiner Tasche. Vincent machte sich auf den

Weg, um den Gang zu erkunden. Der Gang war noch niedriger als der Raum zuvor. Vincent musste entweder nach vorne gebückt laufen oder aber in die Knie gehen, beides strengte ihn auf Dauer an. Nach ungefähr 100 Metern knickte der Weg abrupt ab. Er setzte sich kurz auf den Boden, um seine schmerzende Oberschenkelmuskulatur etwas zu entlasten. Nach weiteren 100 Metern endete das zweite Wegstück in einer kleinen, ca. 3x3 Meter großen und ca. 2 Meter hohen Kammer. Es tat gut wieder aufrecht stehen zu können.

An beiden Seitenwänden waren Halterungen angebracht, eine ca. handgroße Ablage mit einer Vertiefung und ca. 50 cm darüber, Reste eines eisernen Rings, der in der Wand befestigt war. Die Decke über diesen Vorrichtungen war mit Rußspuren versehen. Von Löwenstein nahm an, dass es sich um Halterungen für Fackeln gehandelt haben musste. Daraus konnte er schließen, dass dies ein Raum war, in dem man sich nicht nur kurzfristig aufgehalten hatte. Wozu sonst sollte man für längere Zeit eine Lichtquelle benötigen? In der Mitte der Kammer stand ein etwa hüfthoher, altarähnlicher Podest der mit viel Liebe zum Detail aus einem großen Stück Fels gehauen worden war. Den oberen Abschluss bildete eine etwas über den Rand hinausragenden Steinplatte. Die Mitte der Platte war leicht vertieft und enthielt ein Loch mit einer Blutrille. Der Graf vermutete, dass hier kultisch/religiöse Zeremonien durchgeführt worden waren.

Während der vielen tausend Jahre der Besiedelung gab es mehrfach einen Wechsel von Herrschern, Göttern und religiöser Ansichten. Wie überall auf der Erde, erforderte diese Entwicklung zwangsweise eine Anpassung der Bevölkerung. Die Religionsausübung war sicher nicht immer frei und so diente dieser Raum wohl der heimlichen Anbetung für einen ihm unbekannten Gott. Es würde sich lohnen Proben zu sammeln, um eine genauere Datierung vornehmen zu können. Der Boden hinter dem Altar war mit allerlei Geröll, vermodertem Holz und Sand bedeckt. Konzentriert durchsuchte von Löwenstein die Steine und Holzstücke, die er gefunden hatte. Im hellen Schein der Taschenlampe bemerkte er auf einmal ein kurzes Aufblitzen. Er wollte gerade seine Hand danach austrecken, als eine große schwarze Spinne durch den Schein der Lampe huschte; erschrocken fuhr er zurück.

Vincent hatte zwar keine Angst vor Spinnen, diese Tiere hatten ihn schon immer fasziniert, aber sie mussten ihm auch nicht gerade direkt über die Hand laufen. Er suchte sich vorsichtshalber einen kurzen Stock, um das Geröll weiter zu untersuchen. Er war kein Biologe und wusste daher nicht, ob die Spinne eventuell ein giftiges Exemplar war. So ausgerüstet, angelte er den Gegenstand, den er gesehen hatte aus dem Staub. Er wischte mit einem Stofftuch, das er aus seiner Hosentasche kramte, den Schmutz so gut er konnte ab. Danach hielt er seinen Fund prüfend in den Schein seiner Lampe. Vincent sah eine Art rundes, handtellergroßes Amulett vor sich das mit ineinander verworrenen Ornamenten geschmückt war. Er freute sich jetzt schon darauf, sein Fundstück bei Tageslicht genauer zu untersuchen. Vorsichtig wickelte er den wertvollen Fund in das Stofftuch ein und verstaute es sorgfältig in seiner Tasche.

Zufrieden mit seiner Entdeckung, beschloss von Löwenstein sich durch den anderen Ausgang des kleinen Raumes, den Rest des unterirdischen Tunnelsystems anzuschauen. Der Ausgang verlief weitere 200 Meter geradeaus und machte dann einen Knick nach rechts, bevor Vincent nach 25 Metern wieder in einem kellerähnlichen Raum mit Stufen angelangt war. Er leuchtete zur Decke und sah wie bei dem Zugang, den er vor knapp einer Stunde gefunden hatte, eine Klappe in der Decke. Neugierig wo er gelandet sein würde drückte er die Klappe nach oben.

Seine Augen mussten sich erst wieder an das helle Tageslicht gewöhnen. Vincent war in einem Raum herausgekommen, der keine Ähnlichkeit mit dem Gebäude hatte, in dem der Einstieg gewesen war. Das Haus passte nicht ganz zu dem ursprünglichen Baustil der Zitadelle. Es musste aus einer der darauf folgenden Epochen stammen. Es standen große, massive Holzschränke an der Wand. Von Löwenstein schloss die Klappe und bedeckte sie wieder sorgfältig mit der Strohmatte. Er wollte seine Entdeckung vorläufig mit noch niemandem teilen. Erst einmal würde er sein Fundstück im Hotel genau untersuchen und dann einen Bericht über den heutigen Tag und seine Entdeckung anfertigen. Vincent ging durch das Zimmer auf einen Gang, von dort konnte er das Gebäude durch eine Tür, die schief in den Angeln hing, verlassen. Er blickte sich um und sah dass er keine 20 Meter entfernt vor dem West Tor war. Die unterirdische Anlage führte also quer unter der Zitadelle entlang. Er würde bei Gelegenheit mit dem Ausgrabungsleiter über seine neue Entdeckung reden. Für heute hatte er genug, er sehnte sich nach einer heißen Dusche und etwas zu Essen.

Kapitel 13

Beim gemeinsamen Abendessen in der Suite, sprach Vincent mit Fredrick, über die Entdeckung, die er gemacht hatte.

„Dieser Gang wurde noch nie erwähnt. Es muss sich um einen Zufluchtsort eines Geheimkultes handeln der zu einer sehr alten, unbekannten Epoche gehörte. Das ist eine bedeutende Entdeckung Fredrick. Ich habe ein paar Proben entnommen, die ich datieren werde."

Er stand vom Tisch auf und holte aus dem Arbeitszimmer das Amulett das er vorher, vorsichtig gesäubert hatte.

„Sieh selbst, ist es nicht wunderschön. Es ist aus Silber. Ich vermute, dass man das Amulett auf eine Art Halterung aufstecken konnte." Er zeigte mit seinem Stift auf die entsprechende Stelle. Wie immer wenn Vincent besonders enthusiastisch war, fing er Fredrick an zu duzen.

„Das ist in der Tat eine Entdeckung Sir. Wenn man bedenkt, wie lange schon an der Zitadelle geforscht wird. Ich selbst war mit Ihrem Herrn Vater vor sehr vielen Jahren hier. Er wäre zweifelsohne sehr stolz auf Sie, über die Entdeckung, die Sie gemacht haben."

Vincent nahm das Kompliment mit einem dankbaren Lächeln entgegen. Sein Vater war immer sein Vorbild, sein Wegweiser durch das Leben gewesen.

„Einen Toast Fredrick, einen Toast auf meinen Vater!"

„Mit dem allergrößten Vergnügen, Sir. Auf Ihren Vater." Sie erhoben die Gläser und stießen an.

„Warum nehmen Sie sich morgen nicht frei Fredrick. Ich denke, ich bin die nächsten Tage mit der Zitadelle beschäftigt und werde Sie erst wieder kurz vor der Messe benötigen. Da haben Sie Gelegenheit ihre alten Freunde hier in der Region zu besuchen wenn Sie möchten."

„Sehr wohl, Sir. Es gibt da in der Tat jemanden, den ich gerne aufsuchen würde.", antwortete Fredrick nachdenklich.

„Na dann wünsche ich Ihnen eine schöne Zeit mein alter Freund." Von Löwenstein erhob sich von seinem Platz.

„Haben Sie noch einen Wunsch, bevor ich mich zurückziehe, Sir?".

„Nein, nein gehen Sie ruhig Fredrick. Ich denke, ich werde später noch in die Bar gehen. Den ganzen Tag in dieser Hitze, ich bin total ausgetrocknet.", sagte er lachend und goss sich noch einen Cognac ein. Er blickte fragend zu Fredrick, der zu seiner Überraschung zustimmte.

Es gab nicht viele Menschen, mit denen man schweigend zusammen sitzen konnte, ohne dass es unangenehm wurde. Bei Fredrick und ihm war das so. Sie genossen es schweigend auf der großen Terrasse zu sitzen, mit dieser herrlichen Aussicht und einem kühlen Drink in der Hand. Sie waren beide dankbar für solche Augenblicke. Gemeinsam lauschten sie dem melancholischen Blues von *B.B. King* und seiner Gitarre *Lucille*.

Das schwache Beben in der Nacht bekam von Löwenstein nicht mit. Er schlief tief und fest nach dem erlebnisreichen Tag.

Von Löwenstein freute sich darauf Austeja zum ersten Mal nach ihrem gemeinsamen Ausflug, vor ein paar Tagen, wiederzusehen. Mit einem breiten Lächeln im Gesicht kam er auf sie zugelaufen. Sie hatte ihn ebenfalls entdeckt, da sie jedoch gerade ein Stück spielte, bedeutete sie mit einem kurzen Kopfnicken, dass sie gleich bei ihm sein würde.

„Graf von Löwenstein, ich freue mich Sie wiederzusehen.", sagte sie.

„Die Freude ist ganz auf meiner Seite. Aber Sie würden mir einen großen Gefallen tun, wenn Sie mich einfach Vincent nennen würden. Oder überrumpele ich Sie damit?"

„Im Gegenteil, ich dachte Sie bestehen darauf mit Ihrem Titel angesprochen zu werden.", sagte sie lachend.

„Ich habe manchmal den Eindruck, dass die Leute mehr Wert darauf legen als ich selbst.", antwortete er.

„Wie war Ihr Besuch zu Hause Austeja?"

„Es war schön, meinen Vater wiederzusehen, aber es waren ja gerade mal zwei Tage, die ich in Vilnius war.", antwortete Austeja ausweichend.

„Warum mussten Sie so plötzlich aufbrechen?"

„Es gab..... es gab etwas Wichtiges zu besprechen.", sie blickte etwas verlegen und Vincent bemerkte, dass es ihr unangenehm war darüber zu sprechen. Er beschloss das Thema zu wechseln und erzählte ihr von dem Fund, den er heute gemacht hatte. Er bat sie diese Information vorerst für sich zu behalten. Austeja fühlte sich über so viel Vertrauen geschmeichelt.

„Das ist ja hervorragend, es muss spannend sein überall auf der Welt in alten Gemäuern herumzuklettern und solche Entdeckungen zu machen. Immer auf der Jagd nach dem nächsten Abenteuer.", sagte Austeja. Er quittierte diese Äußerung mit einem belustigten Kopfschütteln. Das war häufig das Bild, dass Außenstehende von seiner Arbeit hatten. Leider war es ein gänzlich falsches Bild.

„Ach wissen Sie Austeja, der größte Teil meiner Arbeit findet in Bibliotheken und in Bücher vertieft statt. Die meiste Zeit verbringe ich mit Vorbereitungen, Studien, Recherchen und dem Erkennen oder deuten von Zusammenhängen. Aber ich würde lügen wenn ich sage dass mir meine Arbeit keinen Spaß macht. Abenteuer wie Sie sie beschreiben sind jedoch eher Filmhelden wie *Indiana Jones* vorbehalten.", sagte er in Anspielung auf den bekannten Kinoarchäologen.

„So eine Entdeckung kommt sehr selten vor, umso mehr freut es mich, dass ich heute das Glück auf meiner Seite hatte." Vincent erzählte eine ganze Zeit lang von seiner Arbeit. Er erstellte Expertisen für wohlhabende Burgbesitzer. Dadurch war er oft in ganz Europa unterwegs und hatte schon die schönsten und ältesten Burganlagen gesehen. Man fragte ihn um Rat wenn man Teile einer Burg wiederherstellen oder einen zerstörten Anbau nach historischem Vorbild wieder errichten wollte. Es gab nicht sehr viele gute Burgenkundler und er war unbestritten einer der Besten auf diesem Gebiet.

Austeja hätte ihm noch stundenlang zuhören können. Er ging so sehr in seinen Erzählungen auf, dass er anscheinend gar nicht mitbekam, wie sie ihn begutachtete. Sie fand Vincent gebildet, höflich und sehr sexy. Er hatte einen jungenhaften Charme an sich, ein Typ, dem man einfach nicht böse sein konnte. Austeja überlegte kurz, ob sie es riskieren sollte, ihn direkt nach seiner Beziehung zu Sinclair zu fragen.

„Vincent, darf ich Sie etwas fragen?"

„Natürlich, was immer Sie wollen.", sagte er und setzte sich aufrecht hin, da er gemerkt hatte, dass ihr Tonfall ernster geworden war.

„Wie stehen Sie zu Doktor Sinclair?"

Seine Verwirrung über diese Frage war ihm anzusehen, damit hatte er nicht gerechnet.

„Er ist ein Klient von mir, ab und an stehe ich Unternehmen als Berater zur Verfügung. So auch in diesem Fall. Der Erhalt von Altertümern ist recht teuer müssen Sie wissen, dementsprechend gut sind die Chancen an lukrative Aufträge zu kommen wenn man sich in diesem Bereich engagiert. Meine Beziehung zu Doktor Sinclair ist eine rein geschäftliche.", antwortete ihr Vincent wahrheitsgemäß. Austeja sah ihn einen Moment an, bevor sie ihm eine weitere Frage stellte.

„Und menschlich?"

Von Löwenstein beugte sich so weit vor, dass er in ihr Ohr flüstern konnte. Sie durchfuhr ein elektrisierendes kribbeln als sie seinen Mund so dicht an ihrem Ohr spüren konnte.

„Ich möchte nicht schlecht über meine Auftraggeber reden aber...", Vincent machte eine kurze Pause, „...als Mensch ist er ein echter Kotzbrocken."

Austeja lehnte sich in ihren Sessel zurück und brach in schallendes Gelächter aus. Auf so eine offene und direkte Antwort war sie nicht gefasst gewesen.

„Verraten Sie mich nicht.", fügte er mit einem verschwörerischen Blick hinzu.

„Nein keine Sorge ich schweige wie ein Grab. Mir ist er ebenfalls unsympathisch. Ich bin dem Mann bisher nur kurz im Aufzug begegnet."

„Wollen wir noch etwas trinken?", fragte Vincent erleichtert zu hören, dass Sinclair kein abendfüllendes Thema werden würde.

„Ja bitte, ich hätte jetzt Lust auf Champagner...."

Vincent schaute sich nach einem Kellner um.

„...aber nicht hier. Ich würde einen etwas ruhigeren Ort vorziehen.", sagte Austeja bemüht ihren Vorschlag nicht zu eindeutig klingen zu lassen. Er drehte sich zu ihr herum. Warf sie ihm einen vielsagenden Blick zu, oder bildete er sich das nur ein? Er würde wohl etwas riskieren müssen.

„Eine Flasche *Taittinger Champagner Brut Réserve*, servieren Sie die Flasche bitte auf meiner Suite." Er nahm den Stift des Obers und unterschrieb damit auf dem Handheld.

„Sehr gerne, Graf von Löwenstein.", sagte der Ober.

Austeja lächelte Vincent verführerisch an.

„Eine ausgezeichnete Wahl, Vincent. Mir war bisher gar nicht aufgefallen, dass sie Linkshänder sind. Viele besonders kreative Menschen und Persönlichkeiten sind Linkshänder habe ich gelesen."

„Nun ich würde sagen wir verfügen über das gewisse etwas mehr an Phantasie." Er blickte sie schelmisch grinsend an und reichte ihr die Hand. Gemeinsam verließen sie die Bar. Im Aufzug drückte Austeja den Knopf für ihr Stockwerk.

„Ich möchte mir nur kurz etwas bequemeres anziehen.", sagte sie. Von Löwenstein steckte seine Karte in den dafür vorgesehenen Schlitz, um zur Suite zu gelangen. Dabei streifte er mit seinem Arm unbemerkte ihren Busen. Austeja spürte ihre Erregung, die seine unbeabsichtigte Berührung in ihr ausgelöst hatte. Sie würde sich mit dem Umziehen beeilen.

Er griff in seine Jackettasche, in der sich eine weitere Karte für seine Suite befand und reichte sie Austeja.

„Mit dieser Karte können Sie direkt zu meiner Suite fahren.", sagte Vincent.

Austeja nahm die Karte entgegen und lief auf ihrer Etage in Richtung ihres Zimmers. Sie bemerkte nicht die Blicke, die sie auf ihrem Weg verfolgt hatten.

Kapitel 14

Der Oberst beobachtete mit Sinclair zusammen die beiden Bauern in den Isolierräumen. Bereits nach ein paar Stunden nach der Injektion waren die ersten Symptome eingetreten. Sinclair benötigte dringend den Impfstoff. Es würde nicht mehr lange dauern und der Zustand ihrer Testpersonen würde sich rapide verschlechtern. Er hatte im Labor festgestellt, dass Austeja ihm eine leere Zigarrenhülse übergeben hatte. Sein Zorn war maßlos gewesen. Der Oberst würde sich jetzt um die Tochter des Doktors kümmern. Sinclair sah im an, dass er eine gewisse Vorfreude auf das »Gespräch« mit der jungen Dame hatte. Er hoffte, das Verhör würde nicht aus dem Ruder laufen. Sinclair kannte den grausamen Ruf des Mannes nur zu gut. Der Oberst ließ seinen Verhörspezialisten und zwei seiner Männer rufen und machte sich mit ihnen auf den Weg.

Dr. Karwen Ayami trat seinen Spätdienst an. Er war der leitende Notarzt im *Zheen* Hospital, einer der besten Privatkliniken in Erbil. Ayami war ein erfahrener Arzt, der viele Jahre in Deutschland studiert und praktiziert hatte. Er war ein überall beliebter, freundlicher Kollege und gütiger Familienvater. Sein besonderer Stolz war seine 19 jährige Tochter Evin. Sie wollte Ärztin werden und hier im kurdischen Teil des Irak bleiben, um ihr Land mit aufzubauen. So wie es ihr Vater getan hatte. Sie war eine fleißige, junge Frau die sich das Geld für ihr Studium mit Nachhilfestunden und als Aushilfe auf Messen verdiente. Ayami konnte zu diesem Zeitpunkt noch nicht wissen, dass die kommenden Tage ihr beider Leben für immer verändern würde.

Von Löwenstein öffnete die Tür zur Terrasse, trotz der hereinbrechenden Abenddämmerung waren es immer noch über 27 Grad und ein sanfter Wind wehte um das Gebäude. Vincent zündete gerade ein paar der Fackeln auf der Terrasse an, als es an der Tür klopfte.

„Zimmerservice!", hörte er die Stimme einer Frau durch die Tür. Er öffnete die Tür und nahm den Servicewagen mit dem Champagner im Eiskübel und den Gläsern in Empfang. Er rollte den kleinen Wagen auf die Terrasse und löschte die Deckenbeleuchtung. Die Suite erstrahlte im sanft flackernden Schein der Fackeln. Eine Besonderheit auf der Terrasse war der feine Sand. Die Terrasse hatte die Bezeichnung »Beach-Terrasse« nicht ohne Grund. Er blickte sich kurz um und war zufrieden mit seinem Werk.

Die Minuten verstrichen und er fragte sich, ob Austeja es sich anders überlegt hatte und nun einen Rückzieher machte, als er das »Binggg« des Aufzuges hörte. Austeja trat aus dem Aufzug und ging auf ihn zu. Sie sah einfach umwerfend gut aus. Ihre glatten langen Haare schimmerten hellbraun im Licht. Sie trug jetzt ein weißes Kleid mit schmalen Trägern, das eng an ihrem perfekt gebauten Körper anlag. Ihr Dekolleté war so tief geschnitten, dass er eine ziemlich klare Vorstellung von der Größe ihrer Brüste bekam. Er schaute die junge Frau lange an.

„Bitten Sie mich herein oder wollen wir hier an der Tür bleiben?", sagte sie lächelnd.

„Oh! Natürlich, verzeihen Sie mir meine Unhöflichkeit, gestatten Sie mir zu sagen dass ich noch nie eine schönere Frau gesehen habe Austeja. Das Kleid steht Ihnen wirklich ausgezeichnet." Sein Blick verriet ihr, dass er es so meinte, wie er es sagte.

„Sie sind ein unverbesserlicher Schmeichler Vincent. Aber ein Kompliment aus Ihrem Mund hört wohl jede Frau gerne. Ich hoffe, Sie wissen es zu würdigen, dass ich mich in die »Hölle des Löwen« wage.", antwortete sie.

Von Löwenstein führte sie hinaus auf die Terrasse. Gekonnt öffnete er die Flasche Champagner und schenkte ihnen ein.

Austeja zog ihre Schuhe aus, steckte die Füße in den warmen Sand und blickte gedankenverloren in den Abendhimmel. „Es ist herrlich hier, finden Sie nicht auch?"

„Doch absolut, es ist ein schönes Fleckchen Erde, da stimme ich Ihnen zu.", antwortete er und reichte ihr das Glas.

„Auf was stoßen wir an Austeja?"

„Auf das Leben.", antwortete sie, ohne zu zögern.

„Auf das Leben." Der Champagner hatte genau die richtige Temperatur und schmeckte ausgezeichnet.

„Mögen Sie *Gregory Porter*?", fragte er sie.

„Das weiß ich nicht, der Name sagt mir nichts. Wer ist das? Ein Schauspieler?"

„Er ist Jazzmusiker, ich dachte, Sie sind Musikerin.", sagte Vincent mit gespieltem entsetzen. Er ging zu seinem iPhone und wählte den Song *Be Good* aus dem Album aus. „Ich mag seine Musik, sie ist ehrlich, etwas melancholisch und wird nie langweilig. Ich könnte ihm stundenlang zuhören."

„Wer hätte das Gedacht, Graf von Löwenstein ist ein kleiner Romantiker." Austeja sagte das, ohne lächerlich zu klingen. Sie stützte ihren Kopf leicht auf ihre Hand und sah ihn dabei an.

„Als ich Sie das erste Mal unten in der Lobby gesehen habe, da dachte ich, dass ist ein total tougher Business-Man. Ein Mann der nur das Geschäft im Kopf hat. Vielleicht ein Regierungsbeamter. Aber nie im Leben hätte ich Sie für einen Altertumsforscher gehalten."

Er musste herzhaft lachen bei dieser Vorstellung.

„Lachen Sie nicht, aber wie ein Historiker sehen Sie nun wirklich nicht aus. Ich frage mich wie ein Mann wie Sie lebt. Sie haben sicher ein schickes, topmodernes Haus, alles Hightech und total durchgestylt."

Vincent goss ihnen nach.

„Weit gefehlt. Ich lebe in einer hübschen, alten Burg Austeja. Sie ist modern eingerichtet, aber es ist und bleibt eine alte Burg. Es ist meiner Sammelleidenschaft geschuldet dass ich überall diverse Artefakte und Fundstücke stehen habe. So werde ich jeden Tag an die Geschichten und Abenteuer erinnert, die ich erlebt habe."

„Sie leben nicht wirklich in einer Burg.....", Austeja blickte erstaunt „.....Sie machen einen Scherz."

„Nein keineswegs, ich lebe auf Burg Löwenstein, dies ist seit mehreren Jahrhunderten der Stammsitz meiner Familie. Auch wenn ich durchaus liberales Gedankengut vertrete, ich bin ein Mann der Tradition.", sagte er gespielt gestelzt.

Der Alkohol begann langsam seine Wirkung zu entfalten und ihm wurde warm. Er zog sein Jacket aus und hängte es über die Rückenlehne eines der Stühle auf der Terrasse.

„Wenn das Ihr Stammsitz ist, leben Sie da mit Ihrer Familie zusammen? In einer Burg ist doch sicher Platz für viele Personen. Ich stelle mir das wunderbar vor. Die ganze Familie versammelt unter einem Dach."

Austeja bemerkte, dass sich an seiner entspannten Art, etwas geändert hatte. Der Ausdruck auf seinem Gesicht war eine Spur härter geworden.

„Ich lebe alleine auf Burg Löwenstein,..." begann Vincent zögerlich „.....meine Familie das ist Fredrick. Er ist weit mehr als nur ein Butler für mich." sagte er mit einem dankbaren Lächeln, als er seinen treuen Begleiter erwähnte. „Ich weiß wie es sich anfühlt. Wissen Sie noch? Ich habe das nicht nur so daher gesagt zu Ihnen vor ein paar Tagen. Meine Eltern sind seit vielen Jahren tot. Sie starben beide bei einem Flugzeugabsturz."

Sie erinnerte sich daran, dass sie Vincent im Bazar so angeherrscht hatte, als er zu ihr gesagt hatte, er würde sie verstehen. Sie hatte keine Sekunde an den Gedanken verschwendet, dass seine Eltern tot sein könnten. Austeja ärgerte sich so reagiert zu haben, sie musste ihn verletzt haben mit ihrem Vorwurf. Spontan beugte sie sich zu ihm vor und küsste ihn sanft auf die Lippen.

Der Oberst öffnete die Tür zu Austejas Zimmer, er hatte zu allen Hotels passende Generalschlüssel oder Karten. In seinem Beruf war das eine Notwendigkeit und zahlte sich in Momenten wie diesen aus. Da er es nicht riskieren konnte, im Zimmer ein Verhör durchzuführen, würden sie eine kleine Spazierfahrt unternehmen. Er gab seinen Männern über das kleine Funkgerät Befehl sich bereitzuhalten. Der Oberst fand schnell den Biotube in ihrem Zimmersafe. Warum hatte die kleine Hexe Sinclair belogen? Und wo war der zweite Biotube? Irgend etwas verheimlichte sie und er dachte nicht daran, ein Risiko einzugehen. Er würde sie intensiv verhören. Die Zeit drängte, aber da sie noch nicht anwesend war, machte er es sich im Dunklen auf einem der Sessel bequem. Er würde auf sie warten.

Vincent wusste kaum wie ihm geschah, Austeja hatte sich auf einmal zu ihm vorgebeugt und ihn geküsst. Ihre vollen Lippen fühlten sich weich und warm an. Er umfasste sie mit seinem rechten Arm und zog sie sanft zu sich auf die Liege. Er konnte ihre festen Brüste spüren und begann Austeja leidenschaftlich zu küssen. Seine Hände wanderten langsam von ihrem Rücken zu ihrem wohlgeformten Po. Sie genoss es, seine fordernden Hände auf ihrem Körper zu spüren. Langsam entzog sie sich seinem Griff und stand auf. Wortlos ergriff sie die Champagner Flasche und ging von der Terrasse in das Penthouse hinein.

„Kommst Du?", hauchte sie. Vincent nahm die Champagnergläser und folgte ihr. Er lief nur ein paar Schritte hinter ihr und sah ihr dabei ungeniert auf ihren kleinen, festen Po, der sich deutlich unter ihrem Kleid abzeichnete. Im Schlafzimmer angekommen drehte Austeja sich zu ihm um und blickte ihm tief in die Augen. Das schwache Licht der Sterne und des aufgegangenen Mondes tauchten ihre Körper in ein sanftes Halbdunkel. Austeja zog die Träger ihres Kleides über die Schultern. Das Kleid glitt mit Leichtigkeit an ihrem Körper herunter. Sie stand nur noch in ihrem Spitzen-BH und Tanga vor ihm. Vincent stellte die Gläser auf der Kommode neben der Tür ab. Er hatte keinen Durst mehr. Mit einer lässigen Bewegung kickte er die Tür mit dem Fuß hinter sich zu.

Die digitale Anzeige der Uhr auf dem Nachttisch zeigte 00:32 Uhr an. Austeja lag auf Vincents unbehaarter, muskulöser Brust und fühlte sich geborgen wie seit langem nicht mehr. Sie genoss es, noch ein paar Minuten ihre nackte Haut auf seinem warmen Körper zu spüren. Vorsichtig nahm sie seinen Arm von ihrer Schulter und stand leise auf. Der Tanga lag auf dem Boden und ihr BH hatte irgendwie seinen Weg auf die Champagner Flasche gefunden. Mit ihren Sachen in der Hand verließ sie lautlos das Schlafzimmer. Austeja dachte noch einmal kurz nach, dann fasste sie einen Entschluss. Sie nahm ihre Handtasche und entnahm ihr das Schmuckkästchen, welches ihr Vincent vor ein paar Tagen geschenkt hatte. Einem Instinkt folgend hatte sie es eingesteckt, als sie vorhin noch einmal kurz in ihrem Zimmer gewesen war. Einen Biotube hatte sie in den Zimmersafe deponiert, den anderen in dem Schmuckkästchen versteckt. Mit suchendem Blick schaute sie nach einem geeigneten Platz in der riesigen Suite. Eine der Türen führte sie vom Wohnbereich in das Arbeitszimmer, dort fand sie eine geeignete Stelle auf dem Kaminsims. Das Kästchen passte wie angegossen zum Rest der Einrichtung und würde einer flüchtigen Prüfung standhalten. Sie legte seine Schlüsselkarte auf den Schreibtisch und hinterließ eine kurze Nachricht für Vincent.

Austeja fuhr mit dem Lift in ihr Stockwerk und dachte an den traumhaften Abend mit ihm. Vincent war ein ausgezeichneter Liebhaber und sie bekam Gänsehaut bei dem Gedanken an seine festen Hände, die ihren Körper erkundet hatten. Jetzt musste sie allerdings erst das Problem mit Sinclair aus der Welt schaffen. Ihre Schuhe in einer Hand haltend schlenderte sie barfuß und müde auf ihre Zimmertür zu. Sie nahm ihre Karte aus der Tasche und öffnete die Tür. Schnell schlüpfte sie hinein. Mit der freien Hand tastete sie nach dem Lichtschalter.

„Hatten Sie einen angenehmen Abend?"

Sie erschrak fast zu Tode, als sie hinter sich die fremde Männerstimme hörte.

Bevor sie reagieren konnte, drückte ihr der Oberst das mit Chloroform getränkte Tuch auf Mund und Nase und wartete, bis Austeja in seinen Armen bewusstlos zusammensank. Mit dem Walkie-Talkie rief er seine wartenden Männer. Die Söldner kamen mit einer großen Aluminiumrollkiste in das Zimmer und packten Austeja hinein. Mit ähnlichen Containern transportierte das Hotelpersonal die schmutzige Wäsche. Sie würden damit nicht auffallen. Der ganze Vorgang dauerte nur wenige Minuten. Die Männer gingen zügig in Richtung Treppenhaus. Der Weg nach unten über die vielen Stockwerke war anstrengend. Die Stufen führten direkt zu dem Lieferanteneingang und von dort in die Tiefgarage. Aus dieser konnte man, ohne viel Aufmerksamkeit zu erregen, das Gebäude unbemerkt verlassen.

Der Oberst wartete noch einen Augenblick. Er wollte kein unnötiges Risiko eingehen und mit seinen Männern gesehen werden. Es bestand immer die Gefahr, dass ihn zufällig jemand erkennen würde. Beim Verlassen des Zimmers schaute er noch einmal prüfend nach links und rechts, dann nahm auch er den Weg nach unten über das Treppenhaus. Die Männer hatten den Container bei seiner Ankunft bereits auf die Ladefläche des Wagens verstaut. Der Wagen, ein *GMC Van* mit getönten Scheiben, setzte sich in Bewegung, noch bevor alle Türen geschlossen waren.

Aus dem Dunkel der Garage setzte sich ein weiteres Fahrzeug in Bewegung und folgte dem Van in sicherem Abstand.

Kapitel 15

Austeja kam langsam wieder zu sich, sie saß orientierungslos auf einem Stuhl. Der Nebel vor ihren Augen löste sich nur zögerlich auf und es dauerte einen Moment, bis sie klarer sehen konnte. Der Raum war bis auf den Stuhl, auf dem sie mit auf dem Rücken gefesselten Händen saß, unmöbliert. Die einzige Lichtquelle war eine trübe Glühbirne, die in eine einfache Fassung geschraubt, trostlos von der Decke hing. Austeja bemerkte die große Hitze in dem Raum. Ihr war schrecklich heiß und sie hatte großen Durst. Es dauerte eine Weile, bis sie den Mann wahrnahm der vor ihr stand. Er war klein, drahtig und hatte einen schmalen Oberlippenbart. Er hatte eine ausgeprägte Hakennase und ein fleckiges Gesicht. Der lange, dürre Hals verlieh ihm das Aussehen eines Geiers. Zu der hellbraunen Tarnuniform trug er schwarze Militärstiefel.

„Bitte, geben Sie mir etwas zu trinken.", sagte sie leise, fast flüsternd mit kraftloser Stimme.

Der Mann musterte sie mit einem durchdringenden Blick. Aus heiterem Himmel gab er Austeja eine Ohrfeige mit dem Handrücken. Schmerzhaft schlug ihr Kopf zur Seite. Tränen liefen ihr über das hübsche Gesicht. Ihre Wange brannte wie Feuer von dem Schlag. Der Folterknecht vor ihr sah sie mit einem liebenswerten, beinahe gütigen Blick an.

„Wollen wir beide es uns nicht leichtmachen? Glauben Sie mir, mir macht diese Art der Befragung ebenso wenig Freude wie Ihnen. Wenn Sie mir verraten was ich wissen möchte, bekommen Sie auch etwas zu trinken." Sein schmutziges Lachen und sein perverser Blick verrieten ihr das genaue Gegenteil. Dieser Mann genoss es, sie zu quälen. Demonstrativ hielt er ihr eine Flasche Wasser vor das Gesicht.

„Was wollen Sie von mir?", fragte Austeja mit zitternder Stimme. Den Blick auf die Wasserflasche gerichtet, deren Inhalt sie so begehrte.

"Wir wissen, dass Sie uns belogen haben! Wo ist der andere Biotube? Weiß noch jemand etwas von dieser Sache?"

»Sinclair« Der Name schoss ihr durch den Kopf, er musste diese Leute beauftragt haben sie auszufragen. Austeja bemühte sich, rasch eine plausible Erklärung zu finden, was in ihrem momentanen Geisteszustand keine einfache Aufgabe war. Was sollte sie nur antworten? Sie war kaum in der Verfassung einen klaren Gedanken zu fassen. Wenn diese Männer herausfinden würden, dass sie die Ampulle bei Vincent versteckt hatte würde sie ihn damit unweigerlich in große Gefahr bringen.

„Ich weiß es nicht genau warum, ich habe mir nichts dabei gedacht. Glauben Sie mir bitte. Ich wollte es Sinclair nur heimzahlen, weil er sich meinem Vater und mir gegenüber so unmöglich verhalten hatte! Der Mann ist ein Scheusal!" Wieder schlug ihr der Mann ansatzlos mit seiner Hand ins Gesicht. Ihre rechte Wange war rot angeschwollen und brannte furchtbar.

„Verkaufen Sie mich nicht für Dumm!", herrschte er sie an. „Ich frage Sie jetzt noch einmal. Warum haben Sie gelogen? Haben Sie noch jemandem etwas von den Behältern erzählt?"

„Ich weiß es wirklich nicht! Ich habe mir nichts dabei gedacht! Es war eine spontane Entscheidung. Und nein, ich habe niemandem etwas davon erzählt!" Austeja schrie ihm die Antwort mit letzter Kraft ins Gesicht. Mit seiner rechten Hand zog er ein langes Kampfmesser aus der Scheide an seinem Gürtel. Er hielt ihr den blanken Stahl direkt vor die Augen.

„Wenn Sie mir nicht gleich die Wahrheit sagen, schneide ich Ihnen ein Ohr ab.", er hatte ganz leise gesprochen, um seinen Worten Nachdruck zu verleihen.

Austejas entsetzter Blick war auf die blanke Klinge vor ihrem Gesicht gerichtet. Panik schnürte ihr die Kehle zu. Sie atmete so schnell, dass ihr Folterknecht kurzzeitig Angst bekam, dass sie kollabieren könnte. Bewusstlos würden sie nichts aus ihr herausbekommen.

Er öffnete die Flasche und goss ihr etwas Wasser über das Gesicht und in den Mund. Gierig trank Austeja das Wasser. Danach ging er ein paar Schritte in das halbdunkel des Raumes. Sie konnte hören, wie er zu jemandem etwas auf Arabisch sagte. Ihre Zunge fühlte sich rau und geschwollen an. Mehr wie ein Fremdkörper als ein Organ, welches zu ihrem Körper gehörte. Austeja war schweißgebadet und sie hatte immer noch das Gefühl zu verdursten. Das Kleid klebte förmlich wie eine zweite Haut an ihrem Körper. Ihr Folterknecht kam zurück, er beugte sich vor, um ihr direkt ins Ohr zu flüstern.

„Sehen Sie, der Oberst ist ein sehr ungeduldiger Mann. Ich rate Ihnen zu verraten was er wissen will."

Austeja wusste, dass sie nicht mehr lange standhalten würde. Verzweiflung machte sich in ihr breit.

Aus dem Schatten eines Baumes vor dem Haus, wo der Oberst und seine Leute die Wagen geparkt hatten, kroch eine Gestalt in Richtung der beiden Fahrzeuge. Sie machte sich kurz unter einem der Vans zu schaffen und verschwand schnell wieder in den Schutz der Dunkelheit.

Die beiden Bauern zeigten nun bereits deutliche Krankheitssymptome, sie hatten hohes Fieber bekommen. Einer der Männer krümmte sich vor Bauchschmerzen und rief ununterbrochen den Namen eines Jungen. Um sie zu beruhigen, hatte der Arzt ihnen erklärt, dass diese Reaktionen auf die Impfung ganz normal seien. Beide spürten jedoch instinktiv, dass mit ihnen etwas nicht stimmte. Dass sich in ihren Körpern etwas Schlimmes ausbreitete. Die Isolierräume waren mit doppelten Luftschleusen versehen und konnten von innen nicht geöffnet werden. Die Scheiben bestanden aus bruchsicherem Spezialglas. Bei einem Virus dieser Art durfte man kein Risiko eingehen. Er musste mit dem Oberst Kontakt aufnehmen, es wurde Zeit, dass er den Impfstoff zu ihm brachte. Die Zeit lief ihnen davon. Sinclair konnte es nicht riskieren beide Testpersonen zu verlieren, ohne den Impfstoff getestet zu haben. Er nahm sein Handy und wählte die Nummer des Oberst.

Austeja hatte jeglichen Sinn für Zeit verloren, sie hatte den Eindruck, seit Stunden gequält und verhört worden zu sein. Ihr rechtes Auge war angeschwollen und ihre Lippen blutig von den dauernden Schlägen. Sie vernahm ein piecksen in ihrem Arm und augenblicklich verschwanden die Schmerzen. Der Verhörspezialist hatte ihr ein Opiat gespritzt, um ihre Zunge zu lockern. Mit geschickten Fragen versuchte er weiter Austeja dazu zu bewegen ihr Wissen preiszugeben. Sie war jetzt in einem Zustand, in dem sie kaum mehr klar denken konnte. Alles kam ihr vor wie in einem Traum. Sie konnte den Fragen ihres Peinigers nur mit Mühe folgen. Austeja lallte unzusammenhängende Dinge, sie sprach abwechselnd litauisch dann wieder englisch, dann von ihrem Vater und erwähnte auch von Löwensteins Namen, jedoch ohne einen erkennbaren Zusammenhang. Der Folterknecht leuchtete ihr mit einer kleinen Taschenlampe in die Augen. Ihre Pupillen reagierten kaum noch auf den Lichtreflex.

„Oberst, ich befürchte, dass sie auf die Droge nicht mehr anspricht. Das war zu viel für sie. Wir werden sie bald verlieren.", sagte der Mann.

Der Schrecken stand ihr im Gesicht, als sie den Anführer der Söldnertruppe erblickte. Der bärtige Mann hatte sich die ganze Zeit über im Halbdunkel des Raumes verborgen. Er hatte grausame Augen, die sie mitleidslos und voller Verachtung anblickten. Es waren die kalten Augen eines Menschen ohne Seele und ohne jedes Mitgefühl. Er legte keinen Wert mehr darauf seine Identität vor ihr zu verbergen. Selbst in ihrem benebelten Zustand war ihr klar, dass sie den Raum nicht mehr lebend verlassen würde. Ihr einziger Wunsch war nicht lange Leiden zu müssen. Sie wusste wie grausam die Anhänger dieser fanatischen Gruppe mit ihren Gefangenen, besonders mit den weiblichen, umgingen. Todesangst durchströmte jede Faser ihres gepeinigten Körpers. Das Blut hämmerte an ihre Schläfen.

Der Anführer brummte einen Befehl. Einer der beiden Schergen schob ihr daraufhin ein schmutziges Stück Stoff, als Knebel, in den Mund. Nur mit Mühe konnte sie den Würgereflex unterdrücken. Der bärtige Mann trat vor sie und streichelte über ihre Wange. Seine Hand wanderte von ihrem Kopf bis zu ihrem Busen, den er fest in seine Hand nahm. Sie stöhnte vor Schmerz leicht auf. Er genoss es sichtlich, ihr weh zu tun.

„Welch eine Verschwendung für so ein hübsches Ding.", sagte er zu ihr auf Englisch. „Ihr könntet meinen

Männern eine gute Dienerin sein und sie für ihren mutigen Kampf gegen die Ungläubigen belohnen." Das Scheusal gab ihr mit aller Kraft eine Ohrfeige, dass sie mitsamt dem Stuhl umkippte und hart auf dem Boden aufschlug. Tränen flossen aus ihren Augen und tropften auf den staubigen Boden. Ihr letzter Gedanke gehörte ihrem Vater, bevor sie das Bewusstsein verlor. Ihre Schmerzen ließen nach und Dunkelheit empfing sie.

Aus seinem Versteck heraus konnte der unbekannte Fremde sehen, wie die Männer die Kiste einluden und davon fuhren. Er würde die Verfolgung wiederaufnehmen, sobald die Wagen sich in Bewegung gesetzt hatten.

Der Wachmann schreckte auf. Er war in seinem Stuhl eingenickt. Es war sein erster Tag hier in dem noch unbewohnten Häuserkomplex. Er wunderte sich über die Geräusche, die von mehreren Autos verursacht wurden. Er schnappte sich seine Lampe und machte sich auf den Weg zu seiner ersten Kontrollrunde. Nach ein paar Minuten hörte er aus einem der Bausicherungskästen, vor einem Haus, ein leises Summen. Hatte einer der Bauarbeiter vergessen, ein elektrisches Gerät abzuschalten? Er wollte lieber nachsehen, bevor noch ein Haus wegen eines Kurzschlusses in Flammen aufgehen würde. Er leuchtete mit seiner Taschenlampe gründlich in jedes Zimmer, konnte aber in keinem der beiden Stockwerke etwas Auffälliges finden. Auf dem Weg zu dem Zimmer unter dem Dach bemerkte er als erstes die Wärme, die ihm entgegenkam. Vorsichtig öffnete er die Tür und sah – nichts. Wenn es hier nicht so heiß gewesen wäre, wäre er einfach wieder umgekehrt. Aber die große Hitze und der nun deutlich hörbare Summton, mussten eine Ursache haben. Er leuchtete mit seiner Lampe in den Raum hinein. An der Wand rechts von ihm konnte er einen großen, eckigen Gegenstand auf dem Boden stehen sehen, der brummte. Es war ein Industrieheizlüfter, der auf vollen Touren lief. Hatten die Handwerker hier Mauern, die sie trocknen wollten? Der Wachmann war der Meinung, der Heizlüfter konnte keinen Schaden anrichten. Er drehte sich um und war im Begriff wieder zu gehen, als seine Taschenlampe ihm aus der feucht gewordenen Hand glitt. Die Lampe fiel auf den Boden und rollte in die Ecke des Dachbodens. Fluchend lief er seiner Lampe hinterher, die neben einer Trennwand liegengeblieben war. Er bückte sich und erschrak dabei fast zu Tode. Der Schein der Lampe strahlte ein Gesicht an. Das leblose, schmutzige Gesicht einer jungen Frau.

Kapitel 16

Dr. Ayami hatte bisher einen ruhigen Nachtdienst verbracht. Vor einer Stunde hatte die Erde kurz gebebt, aber es gab nur die üblichen kleineren Verletzungen und Wunden, die schnell versorgt waren. Die Information von der Einsatzzentrale erreichte ihn in der kleinen Küche des Bereitschaftsraums. Er ließ alles Stehen und Liegen und rannte die Tür zur Notaufnahme hinaus. Dort wartete schon das Krankenfahrzeug mit einem Sanitäter und einem Fahrer auf ihn.

„Wir haben einen Anruf erhalten, dass eine Frau in einem Haus im *Italian Village* bewusstlos aufgefunden wurde.", sagte der Sanitäter.

„Aber da wohnt doch noch niemand. Die sind doch noch nicht bezugsfertig.", sagte Dr. Ayami verwundert. Er ließ sich die Angaben über den Fundort nochmals über Funk bestätigen.

„Es liegt kein Zweifel vor...", sagte die Mitarbeiterin von der Notrufzentrale, "...wir haben einen Anruf von einem Mitarbeiter des Sicherheitsdienstes erhalten, dass er in einem Haus dort eine verletzte Frau gefunden hatte."

Sinclair lief in dem Bunker auf und ab. Er wartete ungeduldig auf die Rückkehr des Oberst. Die beiden Bauern waren schon vor ein paar Stunden mit dem Erreger infiziert worden. Wenn sie noch länger mit dem verabreichen des Impfstoffes warten würden, wäre das Zeitfenster zur Einnahme vorbei. Sie mussten unbedingt die Wirksamkeit des Gegenmittels testen. Er traute

Nojus, dem alten Fuchs, alles zu. Auch dass er ihm einen wirkungslosen Impfstoff gab und Sinclair an seiner eigenen Waffe zugrunde gehen würde. Er musste grinsen bei diesem Gedanken. Das war eine Idee, die von ihm hätte stammen können.

Als der Krankenwagen in der neuen Wohnsiedlung angekommen war, fuhr der Sanitäter zielstrebig zu dem Gebäude, vor dem der Wachmann mit den Händen wild in der Luft wedelte. Der Fahrer stoppte den Wagen direkt vor der Tür. Es waren nur wenige Stufen, bis sie im Dachgeschoß des Gebäudes angekommen waren. Auf dem Boden sahen sie eine junge Frau liegen. Sie trug ein schmutziges Kleid, welches mit Blutspritzern übersäht war. Der Wachmann hatte sie bereits von dem Knebel und ihren Fesseln befreit. Ihr Gesicht sah übel zugerichtet aus. Ayami untersuchte sie mit geübtem Blick, hörte ihren Herzschlag ab und wies den Fahrer an, sofort die Trage zu holen. Sie war bewusstlos und ihr Herzschlag war sehr stark verlangsamt. Zum Glück hatte der Wachmann sofort den Notruf abgegeben. Ayami legte ihr einen Zugang in die Vene und verabreichte ihr eine Kochsalzlösung. Was immer man ihr angetan hatte, erst einmal musste er versuchen gegen den augenscheinlichen Flüssigkeitsverlust vorzugehen. Danach mussten sie die junge Frau schnellstmöglich in die Notaufnahme bringen.

Dr. Ayami fuhr bei seiner Patientin, im hinteren Bereich des Wagens mit. Er sah, dass sie ihre Lippen bewegte. Er beugte sich soweit wie möglich über ihren Mund, um sie besser verstehen zu können. Das einzige, was er ihrem Flüstern entnehmen konnte waren vier Worte. Mit »von Löwenstein«, konnte er nicht viel anfangen. Die beiden anderen jedoch, ließen ihm das Blut in den Adern gefrieren. Ihre letzten beiden Worte lauteten »Der Oberst«.

„Die Patientin weist Folterspuren auf, außerdem ist sie stark dehydriert.", sagte der Doktor. Er hatte sich sein Headset aufgesetzt, in das er seine Beobachtungen bei der Untersuchung sprach. Er war in Zeiten des Krieges oft genug mit Folteropfern konfrontiert gewesen. Der Zustand der Frau verschlechterte sich dramatisch, ihre Atmung wurde immer schwächer und ihr Herzschlag war jetzt kaum noch vorhanden. Sie versorgten sie, soweit sie konnten mit Infusionen. Mehr konnte er im Augenblick nicht für sie tun. Dr. Ayami dachte angestrengt über den Vorfall und die Erwähnung des Oberst nach, konnte diese Frau diesen Mann überhaupt kennen? Nur 55 Minuten nach ihrer Einlieferung, erklärte er die unbekannte junge Frau, für klinisch tot.

Der Oberst überreichte dem Arzt im Bunkerkomplex, nach seiner Ankunft, den Biotube den er aus dem Safe der jungen Frau genommen hatte. Der Mediziner machte sich mit seinem Kollegen sofort an die Aufbereitung, um einem der Bauern eine Dosis verabreichen zu können. Er suchte Sinclair und fand diesen in seinem provisorisch eingerichteten Büro.

„Was haben Sie herausbekommen Oberst?", fragte ihn Sinclair.

„Unsere kleine Klavierspielerin war standhafter, als ich erwartet hatte, wir mussten sie opfern. Leider haben wir nicht erfahren wo der andere Biotube ist. Sie erwähnte zwar von Löwenstein und ihren Vater, aber meist war es unzusammenhängendes, wirres Zeugs. Wir sollten diesen Grafen auch befragen, wenn Sie meine Meinung hören wollen." Der Oberst setzte sich neben Sinclair auf einen freien Stuhl.

„Den Grafen foltern und verhören...." sagte Sinclair skeptisch „...sein Verschwinden und die Konsequenzen die daraus entstehen würden, wären ungleich schwieriger zu vertuschen als das der jungen Frau. Hoffen wir, dass der Impfstoff wirkt. Sonst haben Sie unser einziges Druckmittel geopfert Oberst." Dem Oberst entging nicht der anklagende Ton in Sinclairs Stimme. Er ärgerte sich über seinen Fehler, soweit hatte er tatsächlich nicht gedacht.

„Wir lassen alles nach Plan laufen. Innerhalb weniger Tage wird sich das Problem mit von Löwenstein von selbst erledigt haben.", sagte Sinclair. Es war Zeit zu handeln. Sie würden die nächste Phase ihrer Mission umgehend einleiten.

„Oberst, versetzen Sie ihre Männer in Marschbereitschaft. Schon sehr bald werden Ihre Truppen ihren kurdischen »Glaubensbrüdern« den rechten Weg zeigen müssen." sagte Sinclair mit sarkastischem Unterton.

„Jawohl, Doktor Sinclair", antwortete ihm der Oberst. Das war der Befehl, den er schon so lange herbeigesehnt hatte. In wenigen Tagen würde sein Land wieder vereint sein. Dann würde es ein mächtiges islamisches Kalifat, mit ihm als Führer geben und der Traum der Kurden von einem eigenen Staat der Vergangenheit angehören. Der Oberst trieb seine Männer voller Vorfreude zur Eile an. „Yalla, Yalla! Bewegt euch! Wir haben eine lange Fahrt vor uns."

Im Sicherheitsbereich verabreichte ein Arzt einem der infizierten Bauern eine Dosis des Impfstoffs. Sie hatten sich für den Mann entschieden, der weniger stark unter den Symptomen litt. Das Fieber war bei beiden stetig gestiegen und einer der Bauern hatte sich bereits übergeben und heftiges Nasenbluten bekommen.

Beram konnte fühlen, dass etwas nicht mit ihm stimmte. Er war mit dem anderen jungen Bauern in eine ehemalige Militäranlage gebracht worden. Dort hatten sie ihn in diese Räume gebracht, die vollgestopft waren mit elektronischen Geräten, die er noch nie in seinem Leben gesehen hatte. Neben den Soldaten waren noch eine Handvoll weiß gekleideter Ärzte zu sehen, die hektisch zwischen zwei seltsam aussehenden Kabinen, hin- und hereilten. Man hatte ihn untersucht und dann in eine der Kabinen gebracht. Sie wirkte auf ihn wie eine gläserne Zelle. Einer der Ärzte hatte ihm nochmals erklärt, dass auf dem Gebiet, wo sie arbeiteten, ein seltsamer Erreger festgestellt worden war und sie jetzt zu ihrer Sicherheit geimpft werden würden. Danach würden sie etwas zu Essen bekommen. Beide Bauern waren zwar skeptisch. Da man sie in ihrem kurdischen Dialekt angesprochen hatte und die Männer Uniformen der lokalen *Peschmerga* Militärs trugen, gaben sie sich damit zufrieden.

Kapitel 17

Nachdem er abgewartet hatte, dass die Soldaten in ihren Wagen das Gelände verlassen hatten, lief der Unbekannte zu seinem Wagen. Er öffnete den Koffer auf dem Beifahrersitz und aktivierte das Ortungsgerät. Deutlich konnte er den grünen Punkt erkennen, der sich langsam bewegte. Der Peilsender funktionierte. Er startete seinen Wagen und nahm die Verfolgung auf. Die Fahrt führte von Erbil in Richtung Khalifan. Sobald sie die Stadt verlassen hatten war der Verkehr deutlich geringer geworden. Er musste sich zurückfallen lassen, um nicht bemerkt zu werden. Darum hatte er den Sender angebracht, damit war er bei der Verfolgung nicht auf Sichtkontakt angewiesen. Auf den dunklen staubigen Straßen der trockenen Einöde wäre er auf große Entfernung auszumachen gewesen.

Nach ca. 60 Minuten verharrte das Signal an einem Punkt. Sie hatten anscheinend ihr Ziel erreicht. Er fuhr den Wagen von der Straße und parkte ihn etwas abseits hinter ein paar Sträuchern um ihn vor neugierigen Blicken zu verbergen. In dem Versteck wartete er noch ein paar Minuten um sicher zu gehen. Das Signal blieb jedoch unverändert. Der Fremde zog seine Karte zu Rate, griff seinen kleinen Rucksack und machte sich auf den Weg.

Der Marsch war nicht lange und durch die Kühle der Nacht angenehmer, als er erwartet hatte. Da er weit von jeder künstlichen Lichtquelle entfernt war, hatte er klare Sicht auf die zahlreichen Sterne am Nachthimmel. Sie spendeten ihm ausreichend Licht, so dass er sich in dem unwegsamen Gelände sicher und schnell fortbewegen konnte. Hinter einer Reihe von kleineren Hügeln, konnte er einen Gebäudekomplex erkennen. Im Schutze eines großen Felsbrockens bezog er Position und beobachtete das Gelände. Er rechnete damit, dass Bewegungsmelder und Wachen den Komplex sicherten, der allem Anschein nach eine ehemalige Militäranlage war. Mit seiner dunkelbraunen Baumwollhose und dem braungesprenkelten *SAS Desertcamo Parker* war er ideal getarnt.

Dank seines *Steiner Nighthunter Xtreme* Fernglases, konnte er das Gebiet bequem aus sicherer Entfernung beobachten. Das Fernglas arbeitete mit einem Restlichtverstärker. Ein Wagen fuhr aus einer der Baracken vom Gelände und verschwand in der Nacht. Lautlos näherte er sich dem Komplex von der Rückseite. Er hatte sich den Zaun genau betrachtet und schätzte das Risiko, das dieser mit einem Sensor versehen war, eher gering ein. Das Kampfmesser, das er zum Durschneiden des Zauns benutze, hatte einen eingebauten Drahtschneider.

Nachdem er sich zutritt auf das Gelände verschafft hatte, erkundete der Unbekannte das Gebäude, aus dem das Fahrzeug gekommen war, genauer. Die Zeitintervalle der beiden Wachen hatte er sich gut eingeprägt. Er hatte ein Zeitfenster von fünfzehn Minuten. Vorsichtig schlich er um die Ecke durch das Tor und spähte in die große Halle hinein. Hinter den geparkten Autos konnte man eine Treppe erkennen, die nach unten führte. Von dort hörte er undeutlich Personen miteinander reden. Um sie besser verstehen zu können musste er unbedingt näher ran. Ein Blick auf die Uhr verriet ihm, dass er noch ein paar Minuten zur Verfügung hatte. Ihm war klar, dass er sich in Gefahr begeben würde. Aber er hatte keine andere Wahl. Langsam schlich er sich in Richtung Treppe, die Fahrzeuge als Deckung vor sich haltend. Von seiner neuen Position konnte er nun deutlich die Stimme einer Person hören. Er war sich sicher diese Stimme schon einmal gehört zu haben.

„Wenn Sie die Wirkung des Impfstoffes bestätigen können, melden Sie mir das sofort! Danach werde ich den Oberst informieren, dass die Mission beginnen kann. Die *ISIS* Truppen werden Erbil und den Rest der Region besetzen."

Fredrick traute seinen Ohren nicht. Die Truppen, oder sollte er besser sagen die Terroristen, der *ISIS* sollten in den kurdischen Teil des Irak einfallen. Er musste seinen Beobachtungsauftrag hier sofort abbrechen und schnellstens vom Gelände kommen. Die Stimmen verstummten abrupt und ihn beschlich ein ungutes Gefühl. Aus dem Augenwinkel konnte er erkennen, dass sich rechts über ihm, an der Decke, etwas bewegte. Es war eine Überwachungskamera, die er übersehen hatte. Von unten wurden laute Befehle gebrüllt. Sie hatten ihn anscheinend entdeckt.

Jetzt bestand keine Notwendigkeit mehr, leise oder vorsichtig zu sein. Gerade als er aufstehen wollte spürte er die kalte Mündung eines Gewehres an seiner Wange. Eine der Wachen hatte sich unbemerkt von hinten an ihn herangeschlichen. Der Soldat befahl ihm aufzustehen und deutete ihm mit der Waffe an, die Treppe nach unten zu gehen. Er stand langsam auf und nahm die Hände hoch. Als er an der Treppe unten angekommen war, warteten bereits weitere Soldaten, die ihn durchsuchten.

„Welch eine Überraschung zu so später Stunde. Wenn das nicht mein alter Freund Fredrick McLeod ist.", sagte Sinclair übertrieben freundlich. Fredrick blickte in das Gesicht seines alten Kameraden aus lange vergangenen Tagen.

„Es ist lange her Ian. Aber wir waren niemals Freunde und wir werden auch niemals Freunde werden. Wie ich zu meinem Bedauern feststellen muss, neigst Du immer noch zum Größenwahn.", antwortete Fredrick trocken.

„Größenwahn? Was ist den Größenwahnsinnig daran den Verlauf der Geschichte mitzubestimmen Fredrick? Ich stelle doch nur wieder die alte Ordnung her. Es gab und wird hier immer Kriege geben. Das weißt Du doch so gut wie ich. Aber wenn dann bitte mit meinen Waffen und nicht mit denen der Amerikaner, Chinesen oder Russen. Unsere Regierungen machen das jeden Tag und das auf jedem Kontinent." Sinclairs Blick verdüsterte sich bei seiner Rechtfertigung. Er hatte von McLeod einfach mehr Weitblick erwartet.

„Und dazu machst Du gemeinsame Sache mit den Halunken der *ISIS*? Das einzige was ich erkennen kann ist das Leid und das Elend das über die Kurden hereinbrechen wird und das hier Fanatiker einen sogenannten Gottesstaat errichten wollen.", sagte Fredrick.

„Fredrick, Fredrick.", Sinclair schüttelte bei den Worten enttäuscht den Kopf. „Immer noch der alte Gentleman mit seinen antiquierten Moralvorstellungen. Die Welt hat sich geändert! Du wirst eine Zeitlang mein Gast sein. Sperrt ihn in eine Zelle!", befahl er den Wachsoldaten.

Zwei der Männer packten Fredrick unsanft an den Armen und zerrten ihn in den ehemaligen Arrestbereich der Kaserne. Niedergeschlagen sank Fredrick McLeod nieder auf die Holzpritsche und überlegte fieberhaft wie er sich aus dieser misslichen Lage befreien können würde.

Kapitel 18

Nachdem Vincent aufgewacht war, hatte er sich ausgiebig getreckt und sich genüsslich an die vergangene Nacht erinnert. Er schwang seine Beine aus dem Bett und ging in das Arbeitszimmer. Der dicke Teppich fühlte sich angenehm weich unter seinen nackten Füßen an. Auf dem Schreibtisch entdeckte er eine Nachricht von Austeja.

»Vielen Dank für den wunderbaren Abend, mein süßer Graf.

Ich freue mich auf morgen. Rufst Du mich an?

1000 Küsse Austeja«

Er würde sie gleich anrufen und fragen, ob sie Lust hatte, mit ihm zu frühstücken. Vincent wählte ihre Zimmernummer, es läutete mehrmals, aber Austeja ging nicht an ihr Telefon. Wahrscheinlich würde sie noch schlafen. Er rief den Zimmerservice an und bestellte sich sein Frühstück. Danach versuchte er Fredrick zu erreichen, aber ihm fiel ein, dass er ihm für heute freigegeben hatte. Es war Freitag, er würde also auch nicht in die Altstadt zur Zitadelle fahren können, um seine Entdeckung dem Ausgrabungsleiter zeigen zu können. Freitag war in moslemischen Ländern das, was der Sonntag in der abendländischen Kultur war. Dieser Tag war dem Gebet und der Familie vorbehalten. Vincent würde sich also seinen Unterlagen widmen können, er wollte eine Zeichnung des Gangs mitsamt dem

Ritualraum anfertigen und einen Bericht für die Kommission erstellen.

In seinem Arbeitszimmer breitete er seine Unterlagen aus. Vincent öffnete das Fenster um die Wärme in den Raum zu lassen, dabei streifte sein Blick den Kamin. Er konnte nicht genau sagen, was es war, aber irgend etwas auf dem Kaminsims war ihm bekannt vorgekommen. Es war einer dieser Augenblicke, in denen man etwas gesehen hatte, aber nicht genau wusste, wo man das Bild einordnen sollte. Er wischte den Gedanken schnell beiseite, nahm seinen Stift und machte sich ans Werk einer detailgetreuen Skizze des unterirdischen Gangs. Da er ohne Ablenkung arbeiten konnte, war er mit dem Bericht innerhalb weniger Stunden fertig. Vincent griff danach erneut zum Hörer und versuchte Austeja zu erreichen. Wieder ohne Erfolg. Vincent fragte sich, wo sie nur steckte. Grübelnd ging er an die Minibar und goss sich einen *Courvoisier* ein. Gut das Fredrick nicht da war, er würde ihn jetzt nur wieder tadeln das er zu früh trank. Wahrscheinlich hatte er sogar recht damit.

Da sich Austeja auch bis zum Nachmittag nicht gemeldet hatte fuhr er mit dem Aufzug in die Lobby und erkundigte sich an der Rezeption nach dem Hotelmanager Mr. Calvin.

„Graf von Löwenstein, was kann ich für Sie tun.", begrüßte dieser seinen Gast.

„Sie können mir eine Frage beantworten Mister Calvin. Frau Simonaityté, die junge Frau, die bei Ihnen Piano spielt. Ich kann sie schon den ganzen Tag nicht erreichen und bin nun etwas in Sorge. Wir hatten uns für heute zum Essen verabredet.", sagte von Löwenstein. Der Hotelmanager sah ihn niedergeschlagen an.

„Es tut mir sehr leid, Ihnen das sagen zu müssen Graf von Löwenstein. Wir haben heute morgen einen Anruf aus dem Krankenhaus bekommen..."

„Krankenhaus? Hatte sie etwa einen Unfall, geht es ihr gut!", unterbrach von Löwenstein den Hotelmanager mit sorgenvoller Stimme.

„Frau Simonaityté ist heute nacht in der Notaufnahme der Klinik verstorben."

Vincent sank wie vom Schlag getroffen in einen der Sessel in der Lobby. Er konnte nicht glauben, was er eben gehört hatte.

„Was sagen Sie da? Austeja soll tot sein. Verstehe ich Sie richtig Mister Calvin? Das muss ein Irrtum sein!", sagte Vincent sichtlich um Fassung ringend.

„Leider nein, Graf von Löwenstein. Ich bin genauso schockiert wie Sie. Sosehr ich mir auch wünschen würde dass hier ein Irrtum vorliegt, befürchte ich dass wir mit dem schlimmsten rechnen müssen.", sagte der Hotelmanager.

„Rufen Sie mir einen Wagen Mister Calvin, ich möchte sofort zum Krankenhaus und mich persönlich davon überzeugen.", sagte Vincent erregt.

„Halten Sie das für eine gute Idee? Ich befürchte, die Sache nimmt Sie zu sehr mit? Wollen wir nicht erst einmal abwarten bis wir Gewissheit haben?", sagte der Hotelmanager.

„Nein, ich fahre jetzt! Sofort!", entgegnete ihm von Löwenstein lautstark. Seine Emotionen gingen mit ihm durch. Ein paar der Gäste in der Lobby drehte sich zu ihnen um.

„Natürlich, wie Sie wünschen Graf von Löwenstein.", antwortete ihm Mr. Calvin, sichtlich bemüht die Situation nicht eskalieren zu lassen. Er wand sich ab um für von Löwenstein den Wagen zu ordern.

„Mister Calvin!" von Löwenstein stand auf und ging auf den Hotelmanager zu. „Mister Calvin, ich.....es tut mir leid. Ich wollte Sie eben nicht so anbrüllen. Das war äußerst unhöflich. Sie sind der letzte Mensch, der so eine Behandlung verdient." Er ergriff den Arm des Managers in einer freundlichen Geste.

„Wären Sie so freundlich und würden mir bitte einen Wagen rufen, der mich in das Krankenhaus bringen könnte. Ich muss mir einfach persönlich Gewissheit verschaffen was vorgefallen ist.", sagte Vincent nun wieder in seinem ruhigen, gewohnt höflichen Ton. Mr. Calvin lächelte den Grafen gütig an.

„Es ist mir wie immer eine Freude Ihnen behilflich zu sein." Er tätschelte wissend die Hand von Löwensteins und orderte für ihn das Fahrzeug.

Auf der Fahrt zum Krankenhaus gingen ihm tausend Gedanken durch den Kopf. Das konnte einfach nicht wahr sein. Was für einen Unfall sollte sie erlitten haben, nachdem sie von ihm weg gegangen war?

In der Klinik angekommen ging er direkt zur Information.

„Entschuldigen Sie bitte sprechen Sie Englisch?", fragte er den Mann am Empfang. Dieser Blickte ihn entschuldigend an, bedeutete ihm jedoch mit einer Handbewegung zu warten. Er griff zum Hörer und tätigte einen Anruf.

Kurz darauf kam ein Mann auf ihn zugelaufen. Er stellte sich Vincent als Dr. Ayami vor, dem Leiter der

Notaufnahme. Von Löwenstein schüttelte ihm freundlich die Hand.

„Danke dass Sie mich empfangen Doktor. Ich vermisse meine Schwester seit gestern abend, sie arbeitet im Hotel Divan. Mister Calvin der Hotelmanager hat mir gesagt, hier sei eine junge Frau in die Notaufnahme gebracht worden." Das war zwar eine Notlüge, aber von Löwenstein war sich sicher, dass man ihm sonst keine Informationen über Austeja geben würde.

Der Arzt schaute ihn fragend an. Man konnte sehen, dass er über seine Antwort nachdachte. „Kommen Sie bitte mit mir mit.", forderte er Vincent auf, ihm zu folgen. In seinem Zimmer bot er seinem Gast einen Platz an.

„Ja, heute nacht ist hier eine Frau eingeliefert worden, eine Europäerin, das ist korrekt. Und auch wenn ich sehen kann, dass Ihnen das ganze wirklich sehr nahe gehen muss. Ich bezweifele, dass Sie mir da eben die Wahrheit gesagt haben, das die junge Frau Ihre Schwester ist." Der Arzt blickte ihn ernst an.

„Was meinen Sie?", von Löwenstein war überrascht, dass der Doktor in so sicher beschuldigte, die Unwahrheit zu sagen.

„Sehen Sie, wir haben vom Hotel die Information bekommen, dass die junge Frau litauische Staatsbürgerin sei. Sie jedoch sprechen Englisch mit einem deutschen Akzent und sehen auch nicht wie ein Balte aus." sagte Dr. Ayami jetzt auf deutsch zu ihm sprechend. „Können Sie mir diesen Widerspruch erklären?"

Von Löwenstein errötete, der Arzt hatte ihn bei seiner Lüge ertappt. Er war irritiert, dass der Mann gegenüber so gut deutsch sprach.

„Sie haben Recht Doktor, ich bin nicht ihr Bruder. Ich bin ein Freund von ihr und in großer Sorge. Ich weiß, dass ich keine Auskünfte bekommen hätte. Daher die kleine Notlüge. Entschuldigen Sie, das ist sonst nicht meine Art. Mein Name ist Vincent Graf von Löwenstein, ich habe Frau Simonaityté, letzte Woche im Hotel kennengelernt. Wir waren heute zum Essen verabredet und als sie nicht zu erreichen war begann ich mir Sorgen zu machen. Alles Weitere hat mir der Hotelmanager berichtet." Vincent hoffte, dass der Arzt nicht zu verärgert war.

„Warum sprechen Sie eigentlich so ausgezeichnet deutsch Doktor?"

„Ich habe in Mainz studiert und nach meiner Promotion noch ein paar Jahre in Deutschland praktiziert." Ayami erinnerte sich das von Löwenstein, einer der Namen war, den die junge Frau mit letzter Kraft genannt hatte. Er nahm dem Mann seine Besorgnis ab, aber solange er nicht genauer wusste, in welcher Beziehung dieser zu der jungen Frau gestanden hatte, würde er ihm keine weiteren Informationen geben. Die Gefahr eine falsche, voreilige Entscheidung zu treffen war zu groß.

„Doktor kann ich sie sehen? Wie ich gehört habe ist sie auch noch nicht identifiziert worden, ich könnte Ihnen dabei behilflich sein."

„Ich kann Ihnen Ihre bitte leider nicht erfüllen Herr von Löwenstein.", sagte der Doktor nun in einem etwas mitfühlenderem Ton.

„Ich werde Sie aber über das Hotel auf dem Laufenden halten." Dr. Ayami stand auf und wand sich der Tür zu. Vincent gab sich noch nicht geschlagen und fragte erneut.

„Hatte sie einen Unfall Doktor? Wann und wo ist das den passiert?", bohrte er weiter.

„Graf von Löwenstein", sagte der Arzt jetzt mit etwas mehr Nachdruck. „Die junge Dame hatte heute nacht einen Herzinfarkt erlitten, damit sage ich Ihnen mehr, als ich eigentlich darf. Bitte entschuldigen Sie mich jetzt."

Von Löwenstein war über die genannte Todesursache so überrascht, dass er ohne weitere Einwände gegangen war.

Eigentlich hatte Ayami nicht damit gerechnet, dass man sich so schnell nach der jungen Frau erkundigen würde. Im Erdgeschoss der Klinik blickte er sich nervös um, ob ihn jemand sah. Kurz darauf schloss er eine Tür auf und verschwand schnell dahinter.

Der Zustand des Bauern, der den Impfstoff verabreicht bekommen hatte, stabilisierte sich langsam. Bei dem Zweiten waren deutliche Verschlechterungen eingetreten. Die Untersuchungen hatten ergeben, dass bereits mehrere Organe in Mitleidenschaft gezogen waren und er an inneren Blutungen litt. Sinclair fragte sich, ob er dem Impfstoff trauen konnte. Er Verstand genug von der Materie, um zu wissen, dass es zu unterschiedlichen Krankheitsverläufen kommen könnte. Bei einer Infektion war es theoretisch möglich, dass man auch ohne Impfung, mit etwas Glück überlebte. Die Wahrscheinlichkeit war aber, bei diesem speziellen

Erreger, relativ gering. Der Bauer hier schien dieses Glück nicht zu haben, dachte Sinclair.

Kapitel 19

Masad, Irak

Masad war eine kleine Stadt westlich von Mosul, ca. 140 km von Erbil entfernt. Seit Tagen hatte der Oberst Teile der irakischen Armee und Kämpfer der *ISIS* zusammengezogen. Der Einflussbereich des kurdischen Geheimdienstes ging weit über die Grenzen der autonomen Region hinaus. Daher war die Gefahr groß gewesen entdeckt zu werden, wenn man zu nahe an der Grenze gewesen wäre. Er hatte ein Manöver in der Region angeordnet, um größere Truppenverbände zusammen ziehen zu können, ohne damit aufzufallen. Als Oberst des *INIS (Iraqi National Intelligence Service)* des irakischen Geheimdienstes, hatte er umfassende Kenntnisse der politischen Gesinnung der militärischen Führungsriege. Die am Manöver beteiligten Truppenführer waren handverlesen und ihm treuergebene Offiziere. Es war nicht leicht gewesen, seine wahre Identität bei seinen Aktivitäten in Erbil geheim zu halten.

Die Einheiten waren mit modernen US-amerikanischen Waffen ausgerüstet. Da die politische und militärische Führung der Kurden schon bald nicht mehr handlungsfähig sein würde, rechnete der Oberst mit einem totalen Zusammenbruch der *KDF (Kurdish Defence Forces)*, in wenigen Tagen. Die *ISIS* Schergen würden ohne Gnade jeden Mann töten, die Frauen würden als Sexsklaven an seine eigenen Leute verschenkt werden.

Seine Karriere in der irakischen Armee hatte früh begonnen. Geprägt von den grausamen Erinnerungen seiner Jugend, hatte er sich der Armee *Sadam Husseins* angeschlossen, nachdem dieser die Militärs einem gnadenlosen Säuberungsprozess unterworfen hatte. Der Oberst zeichnete sich in der Anfangszeit bereits durch besondere Grausamkeit beim Kampf gegen die kurdische Minderheit, wie auch im Krieg gegen den mächtigen Nachbarn Iran aus. Dadurch war er in der Hierarchie schnell aufgestiegen. Nach der Niederlage im zweiten Golfkrieg, der *Operation Desert Storm* und der daraus resultierenden Auflösung der Armee, wurde bei der Neuaufstellung auf bewährte Kräfte zurückgegriffen. Diese sollten beim Aufbau der Armee und des Geheimdienstes helfen. Die Alliierten wollten den Irak so schnell wie möglich bewaffnen, um das militärisch sensible Gleichgewicht in dieser politisch hochexplosiven Region wieder herzustellen. Nachdem der irakische Geheimdienst ins Leben gerufen wurde, hatte man ihm dort eine Position als operativem Mitarbeiter angeboten. Der Nachbarstaat Syrien, war durch den anhaltenden Bürgerkrieg in den letzten Jahren, zu einer Anlaufstation für Fundamentalisten geworden. Der Oberst hatte die Gunst der Stunde genutzt und sich mit den Führern der ISIS zu Gesprächen getroffen. Beide Seiten würden von einer Kooperation profitieren. Der Traum von einem Groß-Irak, einem neuen Kalifat, einte die beiden Parteien. Nach Jahren der Demütigung durch die alliierten Truppen und dem Erdulden der separatistischen Strömungen der Kurden, würde er jetzt gewaltsam die Einheit des Iraks wieder herstellen.

Es waren noch zwei Tage bis zur Eröffnung der Medizinmesse, dann würden alle wichtigen Persönlichkeiten aus Politik, des Militärs und Medizin dort versammelt sein. Die *Medicare* war der wichtigste Event im Irak auf dem Gesundheitssektor. Mehrere hundert Aussteller aus aller Welt würden daran teilnehmen. Das von Löwenstein, ohne es zu wissen es ermöglich hatte, dass die komplette Regionalregierung am Eröffnungstag anwesend sein würde, war der ausschlaggebende Faktor gewesen, auf den er und Sinclair so lange hingearbeitet hatten.

Da Präsident *Barzani* und mehrere Minister bei der Eröffnung anwesend sein würden, waren dort rund um die Uhr Männer des Personenschutzes postiert. Die Sprengstoffsuchhundestaffel würde das ganze Gelände am Tag der Eröffnung noch einmal gründlich durchsuchen. Die Sicherheitslage war in den letzten Monaten kritischer geworden und die Übergriffe auf kurdisches und irakisches Gebiet durch die *ISIS* hatten zugenommen. In Syrien dauerte der Bürgerkrieg bereits mehrere Jahre und dem Regime *Baschar al-Assads* standen die Rebellen und fanatischen Kämpfer der *ISIS* gegenüber. Die Idee eines kurdischen Staates war nicht für alle Länder in der Region ein erstrebenswertes Ziel. Die Türkei, der Iran, Syrien und Irak, waren alles Länder mit kurdischen Minderheiten. Fast überall hatte man die Kurden und ihre Idee eines eigenen Staates gewaltsam bekämpft. Diese Region war sehr reich an Bodenschätzen, vor allem an Öl. Auf diesen Reichtum wollten viele einflussreiche Politiker nur sehr ungern verzichten. Außerdem war den alten Eliten in den Nachbarländern Präsident *Barzani* zu fortschrittlich eingestellt. Unter seiner Führung hatte die autonome Region einen wahren Boom erlebt.

Kapitel 20

Als von Löwenstein am nächsten Morgen nach einer unruhigen Nacht erwachte, fühlte er sich schlapp und niedergeschlagen. Er ließ in Gedanken die Ereignisse der letzten Tage noch einmal Revue passieren und fasste danach einen Entschluss. Er würde Austejas Tod nicht einfach auf sich beruhen lassen.

Nach einer heißen Dusche, die ihm neues Leben einhauchte, zog er sich an und ging in das Arbeitszimmer. Er konnte es sich nicht genau erklären, noch waren es flüchtige Gedanken, aber von Löwenstein wusste instinktiv, dass er etwas Wichtiges übersehen hatte. Als Altertumsforscher und Burgenkundler war Vincent es gewohnt, aus meist wenig aussagekräftigen Puzzleteilen, die richtigen Schlüsse zu ziehen. Sein Beruf glich häufig dem eines Detektivs, eines Detektivs der Vergangenheit. Diese Fähigkeiten hatte er bereits auf anderen Feldern unter Beweis gestellt. Bisher konnte er sich rühmen, noch jedem Geheimnis, welches sich ihm gestellt hatte, auf die Spur gekommen zu sein. Momentan bereitete die Unordnung seiner Gedanken ihm einfach nur Kopfschmerzen.

Er nahm seinen Füller zur Hand und lief im Zimmer, leise mit sich selbst redend, auf und ab. Dieses Ritual war seine Art, um Ordnung in seine Gedanken zu bringen. Geordnete Gedanken führten zu strukturiertem, zielorientierten Denken. Und er fand keine Ruhe bis Ordnung in sein geistiges durcheinander gebracht worden war. Ab jetzt würde er sich keine Nachlässigkeiten mehr erlauben. Es galt einen Fall zu lösen.

Sinclair betrachtete mitleidslos wie sich der Mann auf der Pritsche unter Schmerzen krümmte. Dem Bauern, dem der Impfstoff verabreicht worden war, ging es ersichtlich besser. Damit konnte die letzte Phase der Mission in die Tat umgesetzt werden. Mit dem Nachweis der Wirksamkeit, waren die beiden jetzt nur noch lästige Zeugen, die es zu beseitigen galt.

Sinclair ordnete die Exekution der beiden Männer an. Seine Leute würden in der Nähe von Erbil ein neues Lager aufschlagen.

Nachdem die Söldner und das medizinische Personal das Camp verlassen hatten, waren zur Vernichtung aller Beweise nur noch ein Arzt und ein junger Wachsoldat vor Ort.

Fredrick konnte in seiner Zelle dem regen Treiben entnehmen, das sich die Männer abmarschbereit machten. Danach kehrte Ruhe in den Komplex ein. Er musste hier schnellstens raus, die Zeit drängte. Er rief laut auf arabisch nach einer Wache.

„Was wollen Sie?", fragte der Soldat ungeduldig. Er war Anfang 20 und wirkte auf Fredrick nicht sehr erfahren. Man hatte ihn mit einer einfachen Wachaufgabe hier zurückgelassen, aber der junge Mann war sichtlich angespannt. Nervös trippelte er von einem Bein auf das andere. Fredrick dachte sich, das sein Plan zwar irrwitzig sei, aber es fiel ihm in der Kürze der Zeit nichts Besseres ein.

„Bitte, ich habe Durst. Meine Feldflasche ist in der Tasche. Würden Sie mir etwas Wasser geben?, sagte Fredrick.

„Warten Sie.", sagte der Soldat und schüttelte über seine dumme Bemerkung den Kopf. Der Mann saß in einer Zelle, natürlich würde er warten.

Die Gitterstäbe mit beiden Händen umgreifend stand Fredrick in seiner Zelle. Er hatte nur diese eine Chance. Der Wachsoldat kam mit einer Feldflasche in der einen und der Maschinenpistole in der anderen Hand zurück. Er war fast bei Fredrick, als er sich eines Besseren besann und seine Waffe außer Reichweite von Fredrick an der Tür abstellte. Der Wachsoldat ging wieder zu seinem Gefangenen.

Fredrick wartete, bis der Soldat ihm die Flasche reichte, er hielt dem jungen Mann die Hände hin. In dem Moment als er in Reichweite war, packte er mit beiden Händen den Arm des Soldaten. Zu spät bemerkte dieser seinen fatalen Fehler. Mit aller Gewalt zog Fredrick den Arm des Mannes zu sich nach hinten in die Zelle. Der Wachsoldat schlug mit dem Kopf krachend gegen die Gitterstäbe und sackte schwer getroffen zusammen. Fredrick griff durch das Gitter und durchsuchte die Taschen seines bewusstlosen Wächters. Er hatte Glück, in der oberen Jackentasche der Uniform, konnte er einen harten Gegenstand ertasten. Es war der Zellenschlüssel. Nachdem Fredrick so schnell wie möglich den Soldaten in die Zelle hinein gezogen hatte legte er ihn auf die Pritsche und schloss die Zellentür wieder ab. Er würde sicher noch eine ganze Weile ohne Bewusstsein sein. Die Maschinenpistole, eine deutsche *Heckler & Koch MP5*, nahm Fredrick an sich. Er checkte das Magazin und lud die Waffe durch, eine Patrone Kaliber 9mm war nun in der Kammer. Zur Sicherheit hatte sich Fredrick noch den dicken Gurt mit den Ersatzmagazinen, den der Soldat getragen hatte, umgehängt. Leise schlich er den kurzen Gang entlang. An der Tür, die den Zellenbereich mit dem Raum, in dem Sinclair vorher mit ihm gesprochen hatte, verband, hielt er kurz inne. Fredrick hielt sich im dunklen verborgen und wartete einen Augenblick. Der Raum war allem Anschein nach leer.

Das monotone Brummen der Belüftung der beiden Isolationskabinen, war das einzige Geräusch, das er hören konnte. Von seiner Position aus, war es nicht möglich, in die Kabinen zu schauen. Er schlich, im Schutze des Schattens, an der Wand, weiter in den großen Raum hinein. Als er in der Mitte angekommen war, hörte er ein zischendes Geräusch. Fredrick verharrte auf seiner Position.

Das Geräusch wurde von einer der Schleusen verursacht, aus der gerade ein Arzt herauskam.

„Halt! Bleiben Sie stehen und nehmen Sie langsam die Hände hoch!", rief Fredrick laut.

Nachdem er sich langsam herumgedreht hatte, sah er einen älteren Mann mit einer Waffe aus dem Dunkel des Raumes auf ihn zulaufen. Der Arzt erkannte den Bewaffneten wieder, als den Mann, der vor ein paar Stunden in eine der Zellen gesperrt worden war.

Fredrick sah, dass der Arzt im Schutzanzug eine Spritze auf einem Tablet trug.

„Was ist in der Spritze?", sagte Fredrick. Er hatte keine Lust, sich einer unnötigen Gefahr auszusetzen.

„Morphium für die beiden Patienten.", sagte der Arzt. Wie hatte sich der Gefangene befreien können? Wenn er ihm in diesem heiklen Stadium der Mission entwischte, würde Sinclair ihn zur Verantwortung ziehen. Er schielte auf den Tisch, der keine zwei Meter neben ihm stand. Sein gegenüber war zwar bewaffnet aber auch nicht mehr der Jüngste. Wenn er schnell genug war, könnte er den Alarmknopf an dem Tisch erreichen und hinter dem Tisch in Deckung gehen. Mit etwas Glück waren vielleicht noch ein paar Soldaten auf dem Gelände.

Fredrick überlegte kurz, ob er den Arzt zu dem Wachposten in die Zelle stecken sollte. Diesen Augenblick der Unkonzentriertheit nutzte sein gegenüber aus und sprang mit einem Satz hinter einen der Tische. Noch im Fallen hatte er mit seiner Hand auf einen Knopf gedrückt. Augenblicklich leuchtete eine rote Leuchte an der Decke auf und ein eindringlicher Alarmton erklang aus den Lautsprechern. Fredrick wurde von der gewagten Aktion kalt überrascht. Für einen kurzen Moment hatte er den Mann aus den Augen gelassen. Langsam ging er mit der Waffe im Anschlag auf den Tisch zu. Der Arzt war verschwunden.

Es war riskant gewesen, aber er war für seinen Mut belohnt worden. Mit letzter Kraft hatte er den Alarmknopf drücken können. Anstatt abzuwarten hatte er den Lärm genutzt und war schnell hinter der nächsten Tischreihe in Deckung gegangen. Zum Glück war das Tablett mit der Morphiumspritze direkt vor ihm hingefallen und er konnte sie an sich nehmen. Um mehr Bewegungsspielraum zu bekommen hatte er sich schnell des schweren Helms und der Handschuhe entledigt. Am Ende der Tischreihen hatte er nur noch eine Wahl. Über den Mittelgang zu entkommen oder aber sich in Sinclairs Büro zu verstecken. Da die erste Option ihn unweigerlich vor den Lauf der MP bringen würde, entschied er sich für die zweite. Der Arzt schlich in das kleine Büro und versteckte sich hinter der Tür. Von dieser Position aus, warf er einen seiner weißen Stiefel unter den Schreibtisch in dem Raum, so dass man diesen von der Tür aus sehen können würde.

Fredrick suchte angespannt die Tische ab, er konnte jedoch nur vereinzelt Kleidungsstücke finden. Es gab nur noch eine Möglichkeit, wohin der Mann entkommen sein konnte, das Büro. Gespannt lauschte Fredrick, ob er etwas hören konnte. Der Alarmton überdeckte jedoch jedes Geräusch. Durch den Alarm war die normale

Deckenbeleuchtung gedimmt und mehrer Rundumleuchten aktiviert worden. Das flackernde Licht und der schrille Ton verwirrten seine Sinne. Es viel ihm schwer den Überblick zu behalten. Schritt für Schritt näherte Fredrick sich der schmalen Bürotür. Diese war nur halb geschlossen und er konnte durch den Spalt in den Raum hineinsehen. Das einzige, was er schemenhaft erkennen konnte, war ein weißer Stiefel unter dem Tisch. Anscheinend versteckte sich der Mann dort. Fredrick vergewisserte sich, das seine Waffe entsichert war.

„Kommen Sie unter dem Tisch hervor, ich kann Sie sehen!", rief Fredrick.

Nichts geschah.

Er überlegte kurz, es missfiel ihm, auf einen Unbewaffneten zu schießen, gleich aus welchem Grund. Er beschloss auf Nummer sicherzugehen und etwas weiter in das Büro hineinzugehen. Er hatte eine Waffe und er würde gut aufpassen, dass er die notwendige Distanz einhalten würde. Er konnte jetzt deutlich den Stiefel erkennen. In diesem Moment hörte er hinter sich ein Geräusch. Fredrick spürte einen stechenden Schmerz in seiner rechten Schulter und viel zu Boden.

Der Arzt hatte kaum noch gewagt zu Atmen. Der Mann mit der MP war vorsichtig in den Raum gelaufen. Er wartete die erste Gelegenheit ab, die sich ihm bat dann, warf er sich von hinten auf sein Opfer und stieß ihm die Morphiumspritze in die Schulter. Dabei drückte er den Kolben der Spritze komplett herunter. Die tödliche Überdosis würde in wenigen Minuten wirken.

Instinktiv versuchte Fredrick den Sturz abzufangen und streckte dazu seine Arme nach vorne aus. Auf diese Weise entglitt ihm die MP aus seinen Händen. Der Arzt war von hinten auf seinem Rücken gelandet und hatte ihm bei der unsanften Landung alle Luft aus den Lungen gepresst. Mit Schrecken stellte er bei einem Blick zur Seite fest, dass die Spritze mit durchgedrücktem Kolben in seiner Schulter steckte. Fredrick führte es auf die Wirkung der Droge zurück, das er keinen Schmerz an der Stelle verspürte. Sein Gegner hatte die bessere Position und drückte Fredrick den Kopf mit dem Unterarm auf den Boden. Mit einer Hand versuchte Fredrick die Waffe unter dem Tisch zu erreichen.

Der Arzt sah, wie der Mann versuchte, nach der MP unter dem Tisch zu greifen. Um zu verhindern dass er die Waffe vor ihm erreichte, musste er sein Gewicht etwas zur Seite verlagern. Diesen Moment nutzte Fredrick aus und stieß mit letzter Kraft seinen Rücken nach oben. Der Arzt hatte mit diesem Manöver nicht gerechnet und verlor das Gleichgewicht. Mit voller Wucht schlug er mit der Schläfe an die nahe Tischkannte und sackte zusammen.

Fredrick war von dem heftigen Kampf völlig außer Atem und brauchte etwas Zeit, um wieder zu Kräften zu kommen. Die Spritze, die noch immer in seiner Schulter stecken musste, hatte er total vergessen. Er nahm allen Mut zusammen und schaute auf seine rechte Schulter. Die Spritze war nicht mehr da. Er vermutete, dass die Injektionsnadel bei dem Kampf abgebrochen sein musste. Fredrick hatte keine Ahnung, ab welcher Dosis Morphium tödlich war. Er vermutete, dass ihm nicht mehr viel Zeit bleiben würde. Er musste ein Telefon finden und versuchen Vincent zu erreichen. Er stand auf und sah auf dem Boden den Magazingurt liegen, der ihm beim Kampf von der Schulter gerutscht war. In dem dicken Polster konnte er die Spritze stecken sehen. Fredrick atmete tief durch. Der Magazingurt hatte ihm das Leben gerettet.

Fredrick fesselte ihn und ging zurück in den Raum mit den beiden Isolierkabinen. An den Türen waren Monitore, auf denen man die Vitaldaten der Patienten ablesen konnte. Auf einem der Monitore, aus dem Raum, wo der Arzt heraus gekommen war, konnte man nur noch eine gerade, grüne Line erkennen. Der Mann in dem Raum war bereits tot. In der anderen Kabine lag ein weiterer Mann regungslos auf einer Pritsche, dessen Monitor war bereits abgeschaltet. Hatte Sinclair nicht etwas von Erregern und Impfstoffen gesprochen, als er ihn belauscht hatte? Ein grauenvoller Gedanke nahm für ihn Gestalt an. Ihm lief die Zeit davon aber er konnte weit und breit kein Telefon finden. Fredrick nahm den Weg zu der Treppe zurück und ging vorsichtig hinauf zu einem der Wagen. Er zog an dem Türgriff der Limousine, der Wagen war verschlossen. Er fluchte leise. Wenn er den ganzen Weg zu seinem versteckten Wagen nehmen müsste, würde er wertvolle Zeit verlieren. Fredrick versuchte es bei dem letzten Wagen der noch in der Garage stand. Erneut zog er an dem Türgriff. Der Wagen war offen und der Schlüssel lag auf der Ablage. Erst der Schlüssel des Wärters, dann die Spritze im Magazingurt und nun der Wagen. Er konnte sich nicht erinnern, an einem Tag schon einmal so viel Glück auf seiner Seite gehabt zu haben. Es war an der Zeit Vincent vor der bevorstehenden Gefahr zu warnen.

Von Löwenstein suchte den Hotelmanager in seinem Büro auf. Er wollte in unter vier Augen sprechen.

„Mister Calvin, ich möchte Sie nicht lange aufhalten, ich habe da nur eine Frage. Haben Sie an Frau Simonaityté in den letzten Tagen etwas bemerkt, dass auf eine Krankheit oder eine Herzschwäche hindeuten könnte?" Mr. Calvin blickte verwirrt zu ihm.

„Nein ganz im Gegenteil, Frau Simonaityté wirkte zwar etwas gestresst wegen der kurzen Reise zu ihrem Vater, aber sie machte auf mich einen glücklichen, sehr lebhaften Eindruck. Ich wüsste aber auch nicht, was das für eine Bedeutung bei einem Gewaltverbrechen haben sollte.", antwortete der Hotelmanager.

„Wie kommen Sie darauf dass es ein Gewaltverbrechen gewesen war?", fragte er ihn.

„Eine der Mitarbeiterinnen von der Rezeption hatte mich morgens angerufen. Sie hatte mir gesagt, dass sie soeben von der Klinik die Mitteilung bekommen habe Frau Simonaityté sei einem Gewaltverbrechen zum Opfer gefallen."

„Sind Sie sich da sicher Mister Calvin?", fragte von Löwenstein nach.

„Absolut, ich kann mich noch genau an den Wortlaut erinnern. Stimmt etwas nicht?"

„Aber nein, ich wollte mich nur vergewissern, was vorgefallen ist. Sie wissen ja wie Krankenhäuser sind. Da bekommt man keine Auskunft wenn man kein Angehöriger ist.", sagte von Löwenstein. Der Hotelmanager nickte. Vincent bedankte sich bei ihm und verabschiedete sich. Auf dem Weg zu seiner Suite dachte er über die neue Information nach. Warum hatte der Arzt ihm etwas von einem Herzanfall gesagt, aber dem Hotelmanager, dass es ein Gewaltverbrechen gewesen sei? Von Löwenstein folgte seinem Instinkt, er kehrte auf halben Weg um. Er wollte noch einmal zu der Klinik fahren.

Vincent parkte den Wagen hinter einem alten Mercedes und wollte gerade Richtung Haupteingang gehen, als er seinen Plan änderte und auf den Seiteneingang zusteuerte. Der Graf wollte erst einmal sehen ob er dort etwas herausbekommen könnte. Ein junger Mann, in der blauen Kleidung der Sanitäter, lief ihm über den Weg.

„Entschuldigen Sie bitte, mein Name ist Steffen Simonaite. Meine Schwester ist in der Klinik eingeliefert worden und kurz darauf verstorben. Ich wurde vom Hotel informiert, dass ich hier ihre persönliche Sachen abholen könnte.", flunkerte von Löwenstein den Mann an. Dabei versuchte er möglichst wie ein trauernder Familienangehöriger auszusehen.

„Das mit Ihrer Schwester tut mir wirklich leid, wissen Sie, ich war bei dem Einsatz gestern mit dabei. Ich hoffe man findet die Männer die ihr das angetan haben.", antwortete der Sanitäter mit aufrichtiger Anteilnahme in seiner Stimme.

„Ja das hoffe ich auch.", sagte von Löwenstein überrascht. Einen Herzinfarkt konnten wohl kaum »die Männer« verursacht haben. Er merkte, dass er hier auf der richtigen Spur war.

„Kommen Sie bitte mit mir mit, ich schaue nach, wo die Sachen Ihrer Schwester sind." Von der Notaufnahme liefen sie einen kurzen Gang entlang und eine Treppe hinunter in das Untergeschoss.

„Hier ist der Bereich in dem wir die ...." Der Sanitäter brach mitten im Satz ab und blickte entschuldigend zu von Löwenstein.

„Ist schon ok, ich verstehe. Irgendwo müssen sie ja aufbewahrt werden." Die Toten. Das war das Wort, dass der Sanitäter nicht so offen aussprechen wollte. Der Mann bat Vincent, einen kurzen Augenblick zu warten und sprach eine Krankenschwester in dem kleinen Büro an. Nachdem sie ein paar Worte gewechselt hatten verschwanden sie gemeinsam in einem anderen Raum.

Es dauerte eine Zeitlang, bis beide wieder zu ihm zurückkamen. Der Sanitäter machte einen nervösen Eindruck.

„Ich bin untröstlich aber wir können die Sachen Ihrer Schwester nicht auffinden. Sie müssten normalerweise in diesem Raum aufbewahrt werden.", sagte er sichtlich verlegen.

"Kann es sein, dass die Polizei die Sachen an sich genommen hat?", fragte von Löwenstein ihn. „Ich meine vielleicht benötigten sie die ja für die Ermittlungen?"

„Soweit ich weiß wurde die Polizei nicht hinzugezogen.", mischte sich jetzt die Schwester in das Gespräch der beiden Männer ein.

„Muss das nicht automatisch geschehen bei einem Gewaltverbrechen?", fragte der Graf in die Runde blickend.

„Nun das kommt immer auf die Todesursache an.", sagte die Schwester. „Aber bei einem Herzinfarkt ist das nicht nötig."

„Ein Herzinfarkt? Das war mit Sicherheit kein Herzinfarkt. Ich war persönlich vor Ort und habe Erste Hilfe geleistet, ich habe die Frau erstversorgt. Man hatte sie geschlagen und wir vermuteten, sie sei....." er sah von Löwenstein an. „...wir hatten den Eindruck, sie wäre gefoltert worden." Vincent zog sich bei dem Gedanken den Magen zusammen. Er musste nun keine Emotion mehr vortäuschen. Das Gefühl des Schreckens war echt.

„Ich hole jetzt das Krankenblatt, da muss ein Irrtum vorliegen.", sagte die Schwester und ging nochmals in ihr kleines Büro. Nach ein paar Augenblicken kam sie wieder zu ihnen und blickte rechthaberisch ihren Kollegen an.

„Sieh selbst Ibrahim, Herzversagen! Die Todesursache hat Doktor Ayami persönlich eingetragen." Peinlich berührt blickte der Sanitäter zu dem angeblichen Bruder des Opfers.

„Ich muss mich bei Ihnen entschuldigen, wir klären den Sachverhalt natürlich so schnell wie möglich. Ich kann mir das nicht erklären." Der Sanitäter wirkte ratlos.

„Doktor Ayami hatte mich während der Behandlung zu einem anderen Notfallpatienten geschickt und musste für eine Zeit lang alleine arbeiten. Als ich wieder zu ihm kam, da hatte er sie bereits für Tod erklärt. Sie muss in den paar Minuten verstorben sein, in denen ich nicht im Raum war." Zerknirscht blickte der Sanitäter zu Vincent.

„Nun ich denke, der Irrtum wird sich rasch aufklären, ich möchte Ihnen auf jeden Fall dafür danken was Sie alles getan haben, um meiner Schwester zu helfen. Könnte ich sie wenigstens noch einmal sehen?" Der Sanitäter und die Schwester blickten sich beide kurz an, aber dem trauernden Bruder konnten sie diesen Wunsch nicht abschlagen. Wieder verschwanden beide in dem kleinen Raum, von dem eine weitere Tür anscheinend direkt in den Kühlbereich führte.

Es dauerte mehr als 10 Minuten, und diesmal kamen beide mit hochrotem Kopf und deutlich entsetzt blickend wieder zu ihm.

„Es tut mir wirklich sehr leid, aber der Leichnam Ihrer Schwester ist nicht da.", sagte die Schwester zu ihm.

„Was meinen Sie mit nicht da? Wurde sie bereits abgeholt? Wer hat den Auftrag dazu erteilt und wohin könnte man einen Leichnam einfach so hinbringen?" Die Sache wurde immer rätselhafter.

„Nun, laut unseren Unterlagen wurde Ihre Schwester heute nacht hier her verlegt, aber das Fach, indem sie aufbewahrt sein sollte, ist leer. Wir haben alle anderen Fächer überprüft und es liegt auch kein Irrtum vor. Es tut mir Leid aber der Leichnam Ihrer Schwester ist verschwunden.", sagte die Krankenschwester.

„Ich werde mich persönlich darum kümmern die Sache zu klären. Kommen Sie bitte mit zu Doktor Ayami." Die Situation war dem Sanitäter so peinlich, dass er sie unverzüglich aus der Welt schaffen wollte.

„Ähhh nein, das ist glaube ich nicht nötig. Er hat ja meine Nummer und kann mich im Hotel erreichen. Ich möchte keine weiteren Umstände mehr machen. Haben Sie vielen Dank für ihre Bemühungen. Ich muss das ganze erst einmal verdauen." Fürs Erste hatte er genug erfahren. Wenn der Doktor hören würde, dass er sich erneut für Austejas Bruder ausgegeben hätte, dann würde er diesmal sicher die Polizei rufen. Auf Ärger dieser Art konnte von Löwenstein im Moment verzichten. Sich nochmals in aller Höflichkeit bedankend, verabschiedete er sich und verließ die Klinik.

„Sie haben WAAAAAS?", brüllte Dr. Ayami den Sanitäter an.

„Sie haben einem Fremden all diese Informationen gegeben und Sie wissen noch nicht einmal mit Sicherheit wer er war. Sie haben sich nicht einmal seinen Ausweis zeigen lassen!" Der Sanitäter war gleich nachdem der vermeintliche Bruder des Opfers gegangen war, zu Dr. Ayami gegangen, um den Vorfall aufzuklären.

„Aber Doktor.....was ist mit der Frau....", sagte der Sanitäter stotternd.

„Kümmern Sie sich um Ihre Aufgaben und nicht um Dinge die Sie nichts angehen. Jetzt verlassen Sie mein Büro bevor ich mir ernsthaft überlege, Sie feuern zu lassen!", brüllte ihn der Doktor an.

Als er reingekommen war, dachte Ibrahim, er würde ein Lob bekommen, weil er einen schwerwiegenden Fehler aufgedeckt hatte. Jetzt sah er zu schnellstmöglich den Raum zu verlassen, bevor Ayami seine Drohung wahr machen würde. Er hatte eine Familie zu ernähren und war auf seinen Job angewiesen.

Dr. Ayami sank in seinen Sessel. Es tat ihm Leid einen seiner Mitarbeiter so angebrüllt zu haben um ihn an weiteren Fragen zu hindern. Die Sache wuchs ihm allmählich über den Kopf. Was hatte er sich nur dabei gedacht? Die Beschreibung des Sanitäters passte auf den Mann, der schon einmal bei ihm gewesen war. Es musste sich um diesen von Löwenstein gehandelt haben. Er hatte den Eindruck, als zögen sich die Fäden um ihn herum immer dichter zusammen. Eine Möglichkeit hatte er allerdings noch. Dr. Ayami griff zum Telefonhörer und wählte eine Nummer in Deutschland. Am anderen Ende der Leitung meldete sich eine ihm vertraute Stimme.

Kapitel 21

Der Oberst befahl seine kommandierenden Offiziere zu sich. Anfangs hatte es den Soldaten noch missfallen, mit Fanatikern an ihrer Seite zu kämpfen. Es wurde ihnen jedoch schon sehr schnell klar, dass dies die neuen Herren in ihrem Land werden würden. Der letzte Teil der Mission war heikel und erforderte die Anwesenheit des Oberst in Erbil. Wenn alles nach Plan verlief, würde er telefonisch das Kennwort durchgeben und damit die Streitmacht in Richtung Erbil in Bewegung setzen. Sie waren zwar zahlenmäßig in der Minderheit, aber da der Großteil der kurdischen Peschmerga bald außer Gefecht gesetzt sein würde, war mit keinem nennenswerten Widerstand mehr zu rechnen. Die Autonome Region Kurdistan, würde in wenigen Tagen von seinen Truppen kontrolliert werden. Sein persönlicher Adjutant würde an der Spitze seiner Soldaten bleiben und die Kommunikation mit ihm aufrecht halten. In weniger als einer Woche würde er sein Ziel erreicht haben, er würde die Kurden unterworfen haben und der Irak würde mit der abtrünnigen Provinz wieder vereint sein. Mit der Macht des Triumphes und den daraus resultierenden fast unbegrenzten finanziellen Mitteln aus den Öleinnahmen würde er mit Hilfe von Sinclair den Rest seiner Kämpfer ausrüsten. Binnen weniger Monate könnte er dann den von ihm verhassten Iran angreifen. Schon bald wäre er der neue Führer eines islamischen Kalifats das die Gebiete Syriens, des Irak und Teile des Iran umspannen würde.

Telefonisch hatten von Löwenstein und Dr. Sinclair nochmal die Details für die Gespräche mit der Ministerrunde auf der Messe für den nächsten Tag besprochen. Es war geplant, dass es nach der offiziellen Eröffnung einen Empfang auf dem Stand des Gesundheitsministeriums geben sollte. Dort wollten sie mit den zwei zuständigen Ministern und dem Präsidenten die Unstimmigkeiten beseitigen, um die Verhandlungen zu einem positiven Abschluss bringen zu können.

Nachdem Gespräch mit Sinclair wählte Vincent die Nummer des Krankenhauses, er wollte nochmal mit Dr. Ayami sprechen. Er brauchte Gewissheit und klammerte sich an den Strohhalm, dass der Arzt ihm doch noch weiterhelfen könnte. Vincent wählte die Nummer der Klinik, nach dreimaligem Klingeln ertönte eine angenehme Frauenstimme am anderen Ende des Hörers.

„Zheen Hospital"

„Ich möchte Sie bitten mich mit Doktor Ayami zu verbinden.", sagte er. Nach einem kurzen Augenblick in der Warteschleife bekam er die Information, dass Dr. Ayami nicht mehr in der Klinik sei. Man wusste auch nicht, wann er wiederkommen würde. Von Löwenstein legte resignierend den Hörer auf.

Seine Gefühle fuhren Achterbahn mit ihm. Er steckte mit seinen Nachforschungen in einer Sackgasse. Wütend trat er gegen den kleinen Tisch neben ihm. Er war zum Nichtstun und warten verdammt. Das Gefühl, das er verspürte, als man ihm den Tod seiner Eltern mitgeteilt hatte, kam wieder in ihm auf. Er empfand Trauer und Zorn zugleich. Resigniert nahm er sich die Cognacflasche aus der Bar und setzte sich auf die Terrasse.

Dr. Aymai meldete sich von seiner Station ab. Jetzt gab es kein Zurück mehr für ihn. Er wusste wer, oder besser gesagt was für eine Typ Mensch der Oberst war. Ayami wusste, dass dieser Name mit großem Leid und

Unheil verbunden war. Er hatte sich mit einem gefährlichen Gegner angelegt. Jetzt aber galt es erst einmal den neugierigen Fragen des Grafen zu entgehen. Er ging zu dem Seiteneingang der Notaufnahme und nahm von dem Brett einen Schlüssel, der zu einem der Krankentransporter gehörte. Der Doktor rannte die Stufen in das Erdgeschoß hinab, dort schloss er die gleiche Tür auf, hinter der er gestern schon einmal verschwunden war. Mit geübten Handgriffen präparierte er die Krankenliege, dass es nach einem ganz normalen Transport aussehen würde. Nachdem alles zu seiner Zufriedenheit arrangiert war, schob Ayami das Bett zu dem Krankenaufzug. Oben angekommen schaute er nach, ob jemand im Gang war. Danach schob er das Bett über die Rampe in den Krankenwagen und fixierte es in den dafür vorgesehenen Transporthalterungen. Er schloss die Türen, blickte sich nochmals prüfend um und fuhr unbemerkt vom Hof der Klinik.

Die Fahrt führte nur ca. 15 Minuten vom Klinikgebäude auf eine der Hauptstraßen in Richtung des alten Zentrums der Stadt. Er bog auf eine der kurzen Ausfahrten rechts in die Nawroz Street ein und hielt dort nach wenigen Metern vor einem Gebäudekomplex an. Eine bewaffnete Wache kam zu ihm an die Fahrertür.

Dr. Ayami war zum *ETTC (European Technology & Training Center),* gefahren. Diese Einrichtung wurde 2009 vom damaligen deutschen Außenminister, *Dr. Walter Steinmeier,* eröffnet. Dort fanden Schulungen statt, die den Demokratisierungsprozess unterstützen sollten. Dr. Ayami hatte vor einiger Zeit ehemaligen Kollegen aus Deutschland, den Tip gegeben hier Räume anzumieten. Deren Unternehmen *FMG (Frankfurt Medical Group)* handelte mit medizinische Waren und Dienstleistungen im gesamten Mittleren Osten. Ein

Vorteil war, dass das gesamte Gelände mit einer Mauer umgeben und der einzige Zugang streng bewacht wurde.

Der mürrisch dreinblickende Wachmann warf seinen Zigarettenstummel auf die Straße. Der Mann kannte ihn persönlich und lies ihn daher ohne Kontrolle passieren. Er fuhr Rückwärts an die hintere der beiden Eingangstüren zum Nebengebäude. Ayami öffnete mit seinem Ersatzschlüssel die Tür zu dem kleinen Apartment, immer wenn seine deutschen Freunde nicht da waren, schaute er für sie hier nach dem Rechten. Er löste die Transportbremsen und schob das Bett in das Zimmer. Danach überprüfte Ayami Puls und Blutdruck seiner Patientin. Sie schien den Transport und die Anstrengung der letzten Stunden besser überstanden zu haben, als er gedacht hatte. Auf jeden Fall würde sich die junge Frau, hier fürs Erste erholen können. Bis hierher hatte alles reibungslos funktioniert.

Kapitel 22

Als Fredrick in der Suite ankam, fand er Vincent auf dem Boden der Terrasse im weichen Sand sitzend vor.

„Fredrick, mein Freund da bist Du ja. Na wie war der Kurzurlaub? Du hast ja noch Deine Safarijacke an. Hast Du uns ein Wildschwein geschossen?" begrüßte ihn von Löwenstein leicht lallend.

„Komm schon, setz Dich und trink mit mir." Vincent winkte ihn unbeholfen zu sich. Er war offensichtlich sturzbetrunken. Fredrick sah eine leere und eine halbleere Flasche *Courvoisier* auf dem Tisch neben ihm stehen.

„Bei allem Respekt, Sir. Ich denke, Sie haben für heute genug." Fredrick nahm die Flasche und stellte sie zurück in die Bar.

„Na komm schon alter Spielverderber.", rief er ihm über die Schulter zu.

„Sie ist tot Fredrick.", sagte von Löwenstein auf einmal. Sein Blick war in die Weite des Nachthimmels gerichtet. „Sie ist tot."

„Wen meinen Sie, Master Vincent?" In Situationen wie diesen wurde von Löwenstein für ihn wieder zu dem Jungen, den er zeitlebens kannte und mit aufgezogen hatte.

„Austeja, sie soll an einem Herzinfarkt gestorben sein oder an einem Gewaltverbrechen. Das weiß irgendwie keiner so genau.", sagte er spöttisch. „Sie war kerngesund, wir haben den Abend zusammen verbracht."

Er griff Vincent unter die Arme und half ihm hoch. Ohne Widerstand, lies dieser sich in sein Schlafzimmer führen. Dort legte Fredrick ihn behutsam auf das Bett und deckte ihn zu. Fast augenblicklich schlief von Löwenstein ein.

„Ich habe sie auch gemocht mein Junge.", sagte Fredrick leise und verlies geräuschlos das Zimmer. Fredrick kannte Vincent gut genug. Er würde keine Ruhe geben, um der Sache auf den Grund zu gehen. Er würde anfangen, Fragen zu stellen und allen möglichen Leuten auf die Füße zu treten. Wenn er etwas persönlich nahm, dann war er unerbittlich. Er würde ihm morgen früh die Dinge berichten, die er in dem Militärkomplex in Erfahrung gebracht hatte. Mächtige Männer waren in diese Sache involviert. Er würde sehr gut auf ihn aufpassen müssen.

Kapitel 23

Vincent Graf von Löwenstein zog sich seinen dunkelblauen Nadelstreifenanzug an. Zu dem weißen Hemd mit Manschetten trug er eine klassische Fliege in Bordeaux mit schmalen dunkelblauen Streifen und dazu passendem Einstecktuch. Sein Äußeres war wie immer tadellos. Danach nahm er seine schwarze Lederaktentasche und packte eine kleine Packung Desinfektionstücher ein. Er würde heute sicher sehr viele Hände schütteln müssen.

Die Fahrt vom Hotel zur Messe dauerte nur wenige Minuten. Dank seines Messeausweises, der ihn als Teil der Delegation des *MOH (Ministry of Health, dem Gesundheitsministerium)* auswies, langte dem Sicherheitsbeamten ein kurzer Blick in seine Aktentasche. Vor der Zufahrt zu den Messehallen waren mehrere Soldaten postiert. Auf dem Messegelände standen die Fahnenmasten der teilnehmenden Länder, die sanft im Wind flatterten. Der gesamte Vorplatz war voll mit Messebesuchern. Es wimmelte nur so von Frauen und Männern mit Kameras und Mikrofonen. Am Eröffnungstag wurden hier alle wichtigen Persönlichkeiten aus Politik und Wirtschaft, dem Gesundheitswesen sowie die Offiziere des Generalstabs erwartet. Die Tatsache, dass mit Graf von Löwenstein, einem international renommierten Forscher, als Gastredner anwesend sein würde, war Grund genug an diesem Tag hier zu sein.

Die Hostessen, die sich um das Catering kümmerten, hatten alle Hände voll zu tun. Kisten mit Getränken, Süßigkeiten und Geschenken wurden gestapelt, geöffnet und wieder umsortiert. Eine dieser fleißigen

Helferinnen war eine junge Studentin, die sich etwas für ihren Lebensunterhalt hinzuverdienen wollte. Die junge Frau hieß Evin Ayami.

Mit überschwenglicher Höflichkeit begrüßte Dr. Sinclair von Löwenstein, als dieser auf den Stand kam.

„Graf von Löwenstein, welch eine Freude Sie zu sehen. Wie sind Sie mit den Ausgrabungen auf der Zitadelle vorangekommen?", fragte ihn Dr. Sinclair.

„Sehr gut Doktor Sinclair. Ich habe bei meinen Erkundungen in der Zitadelle eine wichtige Entdeckung gemacht. Eine archäologische Sensation."

„Hervorragend. Auf diese Art Neuigkeiten habe ich gehofft.", erwiderte Sinclair.

„Ich bin mir sicher, den Präsidenten und seinen Berater von Ihrem Vorhaben überzeugen zu können.", sagte Vincent.

„Dann lassen Sie uns keine Zeit verlieren, Graf von Löwenstein.", sagte Sinclair und sah sich suchend nach dem Präsidenten und seinem Berater Mustafa Omar um.

Die Politiker standen in ein Gespräch vertieft beisammen. *Masoud Barzani,* Präsident der Autonomen Region Kurdistan und Vorsitzender der *PDK* (Demokratische Partei Kurdistans) und *Qubad Talabani*, dem stellvertretenden Premierminister im Kabinett Barzanis. *Qubad Talabani* war der Sohn von *Dschalal Talabani*, dem ehemaligen irakischen Staatspräsidenten und Vorsitzendem der *PUK* (Patriotische Union Kurdistans). Die beiden großen Volksparteien Kurdistans verständigten sich darauf, gemeinsam gegen den aufkommenden Terror der IS vorzugehen.

Von Löwenstein hielt vor den versammelten Personen einen kurzen Vortrag, in dem er die Mitglieder des Kabinettes, von den Vorteilen einer möglichst umfassenden Kooperation mit der *DSEE* zu überzeugen versuchte. Sinclair wurde Zeuge, wie es dem gewieften Rhetoriker von Löwenstein gelang, die anwesenden Politiker, mit seinem Charme und intelligenten Argumentation auf seine Seite zu ziehen. Alle Würden heute diesen Ort verlassen, in dem festen Glauben, dass diese Idee die Beste ist, die es gab. Jeder hätte geschworen schon immer diesen Standpunkt vertreten zu haben. Mustafa Omar war begeistert von den Neuigkeiten der Zitadelle und wollte jedes Detail erfahren. Nach der Unterredung und dem obligatorischen Fototermin entschuldigte sich Omar bei Sinclair und von Löwenstein, da er wegen der Ausarbeitung der neuen Verträge die Messe frühzeitig verlassen musste.

Die Halle hatte sich mittlerweile gut gefüllt. Die schreibende Presse und TV Sender hatten mit mehreren Kamerateams Stellung um den Messestand bezogen. Der Präsident hielt gerade seine Eröffnungsrede, *Masoud Barzani* begrüßte besonders die vielen Internationalen Teilnehmer. Auf ein Zeichen des Protokollchefs wurde das Catering informiert, dass in zehn Minuten alle Anwesenden auf dem Stand des Gesundheitsministeriums mit Gläsern zum Anstoßen ausgestattet sein sollten. Die Mitarbeiter des Catering öffneten die Kühlboxen mit den Getränken. Aus Respekt vor den religiösen Ansichten einiger Teilnehmer goss man Orangensaft aus.

Im hinteren Bereich des Caterings waren zwei Helfer damit beschäftigt, die Gläser auf Hochglanz zu polieren. Einen dieser Helfer erkannte Sinclair als einen seiner Mitarbeiter aus dem Labor. Der Mann besprühte jedes Glas aus einer Sprühflasche, die wie Glasreiniger aussah. Niemand konnte ahnen, dass tödliche Viren in dem Behälter waren. Zur Sicherheit waren Sinclair und der Mann bereits geimpft worden.

Nachdem der Präsident seine Rede beendet hatte, erhob er sein Glas und alle versammelten Gäste stießen auf ein gutes Gelingen der Messe an. Dr. Sinclair trank einen Schluck und aktivierte die Stoppuhrfunktion seiner Uhr. In spätestens drei Stunden würde der Erreger mutieren und sich dann als Tröpfcheninfektion verbreiten.

[00:00 Stunden nach Freisetzung]

Der Vormittag lief besser als gedacht. Der Präsident versprach Sinclair mit seinen Ministern den Vertrag wohlwollen zu prüfen. Vincent hatte jede Menge Hände zu schütteln und Gespräche zu führen. Sinclair war sogar so freundlich gewesen ihm etwas zu trinken zu bringen. Wegen einer Infektion, die er sich einmal bei einer früheren Reise zugezogen hatte, trank von Löwenstein keinen offenen Saft mehr. Vincent hatte zwar freundlich immer mit angestoßen, jedoch nicht aus dem Glas getrunken.

Die Arbeit in der Halle war anstrengend, Evin Ayami hatte den ganzen Vormittag kaum etwas getrunken. Sie nahm sich ein Glas und trank es in einem Zug aus.

Im Laufe des Vormittages erwachte Austeja langsam. Sie sah sich in dem Raum um. Neben ihr stand ein gewöhnliches Bett, an der Frontseite des Raumes war in der Ecke oben links ein Fernseher angebracht, unter dem eine kleine braune Couch stand. Dr. Aymai erklärte ihr ruhig, wer er war und dass sie sich hier in Sicherheit befand. Ihre rechte Gesichtshälfte und ihre Lippen fühlten sich geschwollen an und schmerzten noch etwas. Sie fühlte sich schwach, aber sie würde wieder auf die Beine kommen, versicherte ihr der Arzt. Austeja, die jedes Zeitgefühl verloren hatte, kamen auf einmal Erinnerungsfetzen wieder hoch und sie begann unzusammenhängende Worte zu stammeln. Ayami schob das auf die Anstrengungen der letzten Tage. Er redete beruhigend auf sie ein und erklärte ihr, dass sie sich erst einmal sammeln müsse. Austeja war noch zu schwach, um zu protestieren und aß erst einmal die Hühnersuppe, die ihr der Doktor auf dem kleinen Herd für sie zubereitet hatte. Nachdem sie etwas zu Kräften gekommen war, hörte ihr der Doktor zu, was sie zu sagen hatte.

Austeja erzählte Ayami in einer Kurzfassung, dass ihr Vater erpresst worden war. Sie sagte ihm, dass die Zeit knapp war und sie wusste, dass die Messe eine Rolle spielen würde.

„Was genau hat er vor! Was hat Ihr Vater für diesen Sinclair machen müssen?"

„Mein Vater war einer der führenden Forscher für Biowaffen. Ich weiß nur, dass mir mein Vater einen Impfstoff mitgegeben hat.", antwortete ihm Austeja.

Ayami wurde kreidebleich, er wusste, dass seine Tochter auf der Messe arbeitete.

„Oh mein Gott, ich muss sofort meine Tochter warnen. Ein Impfstoff macht nur Sinn, wenn es dazu auch einen Erreger gibt." Ayami lief hektisch Richtung Tür.

„Hören Sie Doktor...", rief sie ihm beim Gehen zu, „...Sie müssen Graf von Löwenstein finden, er kann Ihnen weiterhelfen."

Der Doktor rannte bereits los, die Sorge um sein Kind trieb ihn zur Eile an. Er stieg in den Wagen und raste in Richtung Messegelände davon. Er musste seine Tochter und diesen Grafen finden, und das so schnell als möglich.

Vincent hatte nach den vielen Gesprächen genug für heute. Er verabschiedete sich von den noch anwesenden Ministern und von Sinclair. Er hatte Kopfschmerzen bekommen. Vor ihm klagten bereits mehrere der Gäste über Unwohlsein. Fredrick hatte ihn morgens über die Vorkommnisse in dem Militärkomplex informiert. Jetzt konnten sie nur abwarten. Vincent ging den Mittelgang in Richtung Ausgang, als er einen Mann sah, der wild gestikulierend auf den Sicherheitsbeamten an der Einlasskontrolle einredete. Das war doch der Arzt aus der Klinik, Dr. Ayami. Von Löwenstein hatte nicht das Bedürfnis ihm zu begegnen. Er verschwand rechts in einen Seitengang. Von dort konnte er über die Cafeteria das Messegebäude verlassen. Vincent konnte gerade noch sehen, dass der Arzt von dem Sicherheitsbeamten durchgelassen wurde und in Richtung des Messestands des Ministeriums eilte.

Kapitel 24

Dr. Ayami lief zielstrebig auf den Stand des Ministeriums. Aus lauter Sorge um seine Tochter, hatte er vergessen, an Schutzmaßnahmen für sich selbst zu denken. Er wusste schließlich immer noch nicht, um welche Art Erreger es sich hier handelte.

„Entschuldigen Sie...", sprach er eine der Messehostessen an, „wissen Sie wo ich Evin finden kann?"

„Sie ist kurz ins Freie gelaufen um frische Kluft zu schnappen.", antwortete ihm eine ihrer Kolleginnen.

„Danke. Eine Frage noch. Wissen Sie zufällig ob ich Graf von Löwenstein hier noch antreffen kann?", fuhr er fort.

„Sie haben ihn um wenige Minuten verpasst."

Ayami verfluchte sich nicht schneller hier gewesen zu sein.

Als er von Löwensteins Namen hörte, wurde Sinclair, der ein paar Meter neben dem ihm unbekannten Mann stand, hellhörig. Er ging auf ihn zu und sprach ihn an.

„Guten Tag Herr?......"

"Doktor Ayami", antwortete er dem Mann mit dem auffälligen Gehstock.

„Verzeihen Sie, ich habe eben zufällig mitbekommen, das Sie Graf von Löwenstein suchen. Der Graf arbeitet als Berater für mich. Kann ich ihm etwas ausrichten?"

„Wenn Sie so liebenswürdig wären. Es handelt sich um eine Sache äußerster Dringlichkeit. Richten Sie ihm bitte aus dass ich ihn unbedingt sprechen muss. Am besten wäre es, wenn er mich persönlich aufsuchen würde."

„Wie und wo kann er Sie erreichen Doktor Ayami?" Ohne darüber nachzudenken nannte Ayami die Adresse und Apartmentnummer des *ETTC,* unter der ihn der Graf erreichen könnte.

„Seien Sie unbesorgt, ich werde mich persönlich darum kümmern."

Ayami war erleichtert das ihm die Aufgabe, von Löwenstein ausfindig zu machen, so schnell abgenommen worden war. Sinclair verabschiedete sich von ihm und tauchte wieder in der Menge der Gäste unter. Den Mann im Kaftan und Kufiya, der vorgegeben hatte in einer Broschüre zu lesen, bemerkte er nicht. Ayami lief auf dem schnellsten Weg aus dem Gebäude, um seine Tochter zu suchen. Der Mann im Kaftan folgte ihm.

Als von Löwenstein aus dem Gebäude gelaufen kam, betrug die Sichtweite nur noch wenige hundert Meter. Das Licht der Sonne wurde von den vielen kleinen Sandkörnern, die in der Luft lagen, in ein schmutziges hellbraun verwandelt. Ein Sandsturm war aufgezogen. Die Hitze war noch drückender und eindringlicher zu spüren. Als wenn sie in den vielen Millionen Sandkörnern, die in der Luft waren, gespeichert wäre.

Von Löwenstein war froh dem aufgebracht wirkenden Doktor entkommen zu sein. Er nahm in dem wartenden Wagen Platz und fuhr in Richtung Hotel.

Dr. Ayami fand seine Tochter, auf einer Bank im Freien.

„Evin, da bist Du ja. Ich habe Dich auf dem Stand gesucht." Seine Tochter blickte überrascht zu ihm auf.

„Hallo Vater, das ist ja eine Überraschung. Ich musste kurz raus, ich habe Kopfschmerzen. Was machst Du hier?", erwiderte sie schwach lächelnd. Es ging ihr zwar bedeutend schlechter. Aber Evin wollte ihren Vater nicht unnötig beunruhigen. Es hatten im Laufe des Tages ja sehr viele Besucher plötzlich über Unwohlsein geklagt. Sie schob das einfach auf die Anstrengung zurück.

„Ich werde Dich sofort in die Klinik bringen, um Dich zu untersuchen!", sagte Ihr Vater bestimmt.

In diesem Augenblick kam der Mann im Kaftan von hinten auf ihn zu und sprach ihn an.

„Dürfte ich Sie einen kurzen Augenblick sprechen?", sagte der Mann leise.

Es wäre Ayami beinahe nicht aufgefallen, dass der Mann kein Araber war, so gut hatte er seine Kleidung und Verhalten angepasst.

„Es tut mir leid mein Herr, aber ich muss dringend meine Tochter in ein Krankenhaus bringen. Sie können mich gerne dort erreichen, was auch immer Sie auf dem Herzen haben, es muss warten.", sagte Dr. Ayami höflich aber bestimmt zu dem ihm unbekannten Fremden.

„Ich fürchte, mein Anliegen wird nicht warten können. Sie waren doch auf der Suche nach Graf von Löwenstein?", sagte er.

Ayami war nun aufs äußerste gespannt.

„Wer sind Sie und was wollen Sie von mir?" der Doktor bekam es mit der Angst zu tun. War das einer der Männer des Oberst? Wie hatten sie ihn so schnell finden können? Schützend stellte er sich vor seine Tochter.

„Seien Sie unbesorgt, mein Name ist Fredrick McLeod. Ich bin der Butler des Grafen. Wir haben die gleichen Gegner." Fredrick hatte dem Mann seine Verwirrung und Angst angesehen und versuchte, ihm etwas von seiner Anspannung zu nehmen.

„Dem Grafen sind einige Ungereimtheiten aufgefallen was den Tod einer gewissen jungen Dame betraf. Er hatte Sie diesbezüglich ja in der Klinik aufgesucht. Auch als er mit Ihren Kollegen gesprochen hatte gab es da ein paar Widersprüche. Wir wissen, dass die junge Frau in eine sehr gefährliche Sache involviert ist.", sagte Fredrick mit ernster Miene. Ayami wusste nicht mehr, wem er trauen sollte und wem nicht. Austeja hatte zwar erwähnt, dass er dem Grafen vertrauen könne, aber von einem Butler wusste er nichts. Und dann trug dieser Mann auch noch diese Kleidung. In seiner Verwirrung war er nicht mehr in der Lage einen klaren Gedanken zu fassen.

„Doktor, ich kann mir vorstellen, dass dies alles schwierig für Sie zu begreifen sein muss. Wir haben es mit grausamen Menschen zu tun, denen ein Menschenleben nicht viel Wert ist. Ich glaube, Sie kennen den Ruf des Oberst." Der Oberst war für ein paar grausame Massaker an den Kurden unter *Saddam Hussein* verantwortlich. Zwar wusste kaum jemand, wie er aussah. Unter seinem Rang jedoch, war er jedermann ein Begriff.

„Irgend etwas geht hier vor, es ist von höchster Wichtigkeit, dass wir unsere Informationen austauschen.", sagte McLeod. Der Doktor überlegte kurz und traf dann eine Entscheidung. Alleine würde er nicht mehr aus dieser Sache herauskommen.

Kapitel 25

Die Fahrt zur Klinik war kurz. Ayami brachte seine Tochter sofort in die Notaufnahme und begann mit der Untersuchung. Es dauerte ein paar Minuten, dann kam er zu Fredrick zurück.

„Wie geht es Ihrer Tochter Doktor?"

„Ich weiß es noch nicht genau, wir haben die üblichen Proben entnommen, aber es wird dauern bis wir die Ergebnisse bekommen."

„Sie sehen sehr besorgt aus, Sie wissen mehr, als Sie bisher gesagt haben. Habe ich Recht?", sagte Fredrick.

„Haben Sie eine Ahnung, wer die junge Frau ist, nach der Sie suchen?", fragte Ayami ihn.

„Wir wissen, dass sie ein Hotelgast aus Litauen ist, der Graf und sie haben sich angefreundet. Nachdem ihm die Umstände ihres Todes seltsam vorgekommen sind, hat er angefangen nachzuforschen. So sind wir bei Ihnen gelandet.", berichtete Fredrick, ohne die Vorgänge in dem Komplex zu erwähnen. Er wollte den Arzt nicht mehr beunruhigen als nötig.

Auch wenn es riskant war, hatte Ayami beschlossen, McLeod alles zu sagen, was er wusste.

„Die junge Frau ist die Tochter eines ehemaligen sowjetischen Virologen. Sie hat mir gesagt, ihr Vater sei das Opfer einer Erpressung geworden. Man hatte sie gezwungen den Männern einen Impfstoff auszuhändigen. Ich habe keine Zweifel daran dass es zu diesem Impfstoff auch einen Erreger gibt. Vielleicht verstehen Sie jetzt meine Sorge.", sagte der Arzt.

„Kommen Sie mit, wir werden das besprechen, sobald ich meine Tochter versorgt weiß." Gemeinsam liefen sie zu dem geparkten Auto des Doktors und fuhren in Richtung Klinik davon.

Sinclair war diesem Dr. Ayami zum Ausgang gefolgt. Warum wollte er von Löwenstein treffen? Es waren in den letzten Tagen für seinen Geschmack zu viele Überraschungen passiert. Er musste den Grafen und sein Umfeld im Auge behalten. Der Tag heute war gut verlaufen, die meisten Minister und Ärzte klagten mehr oder weniger über die ihm bekannten Symptome. Sie waren an einem heiklen Punkt der Mission angelangt. Ab jetzt musste alles reibungslos laufen. Sinclair sah, dass der Dr. von einem Mann im Kaftan angesprochen wurde. Sinclair war zu weit weg, um zu hören was die beiden miteinander besprachen und nach wenigen Minuten verließen sie mit der jungen Frau vom Messestand gemeinsam das Gelände. Irgend etwas an den Bewegungen des Mannes im Kaftan kam ihm merkwürdig vertraut vor. Er zückte sein Handy.

„Oberst, schicken Sie ein paar Männer in das *ETTC*, dort sollten Ihre Männer einen Doktor Ayami antreffen und mitbringen." Er gab ihm die Apartmentnummer und legte auf. Sinclair nahm die SIM-Karte aus dem Handy und warf diese in den Müll. Danach verschwand er ebenfalls vom Messegelände. Dieser verdammte Sandsturm dachte er, hoffentlich würde er den Vormarsch der Truppen nicht behindern.

„Natürlich Doktor. Was wissen Sie noch?"

„Ich konnte sie, an dem Abend als mich der Notruf Erreichte, stabilisieren, aber sie hatte mir im Rettungswagen noch den Namen von Löwenstein und den des Oberst genannt. Ich habe schon andere Opfer von ihm gesehen und weiß zu was dieser Mann fähig ist. Daher hatte ich sie zu ihrem eigenen Schutz für Tod erklärt und versteckt. Das ging solange gut bis ihr Graf angefangen hatte Fragen zu stellen und nach ihr zu suchen. Zu diesem Zeitpunkt wusste ich noch nicht in welcher Beziehung der Graf zum Oberst stand."

„Wo ist sie Doktor? Wir müssen davon ausgehen, dass sie sich in großer Gefahr befindet.", sagte Fredrick.

„Ich habe sie im *ETTC* untergebracht, dort ist sie sicher. Das habe ich dem Auftraggeber des Grafen gesagt.", sagte der Arzt.

„Wen meinen Sie?", fragte ihn Fredrick irritiert.

„Auf der Messe wollte ich mit dem Grafen sprechen, ich hatte ihn aber nicht angetroffen. Da hat sich ein seriös wirkender Herr angeboten, ihm meine Nachricht weiterzugeben. Er sprach mich gezielt auf von Löwenstein an. Er ist ebenfalls ein Europäer, Engländer würde ich sagen."

Fredrick fuhr erschrocken aus dem Stuhl. „Wie hieß der Mann!".

„Er hatte sich mir nicht vorgestellt. Ein sehr gepflegter Mann, er hatte einen Gehstock mit einem silbernen Knauf."

Fredrick antwortete ihm nicht, sondern drückte bereits die Kurzwahl von Löwensteins auf seinem Handy.

„Sir Vincent, Sie müssen unverzüglich zum *ETTC*, es Eilt. Sofort! Wir treffen uns dort.", sagte Fredrick und legte auf. Er hatte keine Zeit für Fragen und wand sich wieder dem Doktor zu.

„Der Mann der Sie dort angesprochen hat. Das war Doktor Ian Sinclair. Wir haben allen Grund zur Annahme das er und der Oberst gemeinsame Sache machen. Ich habe jetzt keine Zeit für Erklärungen. Ich muss Sie um Ihre Wagenschlüssel bitten. Bleiben Sie bei ihrer Tochter und sobald wir den Impfstoff in unseren Besitz gebracht haben kommen wir zu Ihnen.", sagte Fredrick.

Vincent war zwar verwundert über den Ton Fredricks, aber er kannte seinen treuen Butler gut genug, um zu wissen, dass es Ernst sein musste. Unverzüglich machte er sich auf den Weg. Er lief aus der Lobby zu dem ersten freien Wagen und forderte den Fahrer auf, so schnell er konnte zum *ETTC* zu fahren. Der Fahrer wollte sich erst das OK von der Rezeption holen. Er überlegte es sich jedoch anders, als er den 50$ Schein sah, den ihm von Löwenstein vor die Nase hielt.

„Wenn wir in 10 Minuten da sind bekommen Sie nochmal das Doppelte."

Die Reifen des Wagens quietschten auf dem Asphalt und die Steine, die auf der Straße lagen, spritzten zur Seite. Sein Fahrstil war selbst für irakische Verhältnisse sehr abenteuerlich.

Nach dem Anruf von Sinclair hatte der Oberst drei seiner Soldaten befohlen, im *ETTC* einen Verdächtigen mitzunehmen. Es sollte kein Problem sein, einen einzelnen Mann festzunehmen dachte der Fahrer des Wagens. Er wollte gerade gemächlich die Spur wechseln, als er sich abrupt zu einer Vollbremsung gezwungen sah. Irgendein Verrückter in einer Limousine hatte ihm soeben die Vorfahrt genommen. Da die Sicht wegen des Sandsturms erschwert war, hatte er den Wagen erst im letzten Moment sehen können. Er riss das Lenkrad nach rechts und schlitterte unkontrolliert auf den Straßenrand zu. Nur mit größter Mühe konnte er dabei einen Zusammenstoß mit einem anderen Wagen verhindern. Mit hochrotem Kopf fluchten er und seine beiden Kameraden, die unsanft umhergeschleudert worden waren, was das Zeug hielt.

Austeja hatte sich im Laufe des Tages immer besser erholt. Sie hasste es, hier zu liegen und abzuwarten. Hoffentlich war der Doktor in der Lage gewesen größeres Unglück zu verhindern. Sie sehnte sich nach Vincent. Nachdem sie etwas im TV gezappt hatte, schaltete sie gerade in dem Moment den Fernseher aus, als sie Geräusche vor der Tür hörte. Kurz darauf wurde langsam ein Schlüssel im Schloss umgedreht. Sie war wie gelähmt und wagte kaum zu atmen.

Der Fahrer von dem Hotel bog von der Straße ab und preschte um die Kurve bis vor den Eingang des *ETTC*. Von Löwenstein war noch nie mit einem solch rücksichtslosen Fahrer unterwegs gewesen, aber in diesem Falle war das ein Glücksfall. Der Wachmann, der bislang gemütlich vor dem Eingang gesessen hatte, fiel vor Schreck fast von seinem Stuhl. Mit quietschenden Reifen kam der Wagen direkt vor dem Tor zum Stehen. Der Fahrer drehte sich, mit einem breiten Grinsen zu Vincent um. Dieser reichte ihm das ausgelobte Trinkgeld. Fredrick wartete bereits im Wachhäuschen auf ihn.

„Fredrick, warum diese Eile was ist denn überhaupt los? Und warum tragen sie einen Kaftan?", fragte von Löwenstein.

„Sie hatten Recht Sir, mit dem Verschwinden der jungen Dame stimmte etwas nicht. Ich habe heute auf der Messe ...."

„Sie waren auf der Messe?!?!", unterbrach er ihn verwundert. „Das hatten wir aber nicht so abgesprochen.", sagte von Löwenstein.

„Manchmal ist es besser im verdeckten zu operieren, Sir. Ich hatte einen Verdacht. Verzeihen Sie mir meine Eigeninitiative." Fredrick hatte im Laufen gesprochen und sie standen bereits vor der Apartmenttür. „Erschrecken Sie jetzt nicht." sagte er zu von Löwenstein und öffnete die Tür.

Immer noch verwundert, was Fredrick meinte, trat von Löwenstein in das Apartment ein und sah eine Frau in einem Krankenbett sitzen.

„Austeja?", sagte er fassungslos, als ob er ein Gespenst gesehen hätte.

„Austeja Du lebst!" Er lief an ihr Bett und umarmte sie. Als er seine Arme um sie schloss brachen bei ihr alle Dämme. Sie begann hemmungslos zu weinen. Ihr ganzer Körper erzitterte bei dem Ausbruch der Emotionen, die sie die ganze Zeit über verdrängt hatte. Vincent sagte kein Wort, sondern hielt Austeja einfach nur fest, bis sie sich langsam wieder beruhigt hatte. Man konnte Austeja noch deutlich die Spuren ihrer Misshandlung ansehen, auch wenn die Schwellungen an Wange und Lippen etwas zurückgegangen waren.

„Jetzt mal der Reihe nach. Was ist passiert Austeja?" sagte Vincent.

„Ich weiß gar nicht, wo ich anfangen soll. Nachdem ich die Suite verlassen hatte, betrat ich mein Hotelzimmer als mich jemand von hinten packte und betäubte. Es geschah alles so wahnsinnig schnell.", sagte sie.

„Verzeihen Sie mir, dass ich etwas drängen muss, Sir. Ich befürchte wir werden hier nicht mehr lange alleine sein.", mahnte Fredrick höflich zur Eile an.

Die Männer des Oberst bogen gerade in die Straße zum *ETTC* ein und hielten an. Als der Fahrer ausgestiegen war, kam der Wagen auf ihn zu, der ihn gerade so rüde geschnitten hatte. Er beschloss, den Fahrer zu Rede zu stellen. Seine Wut, die schon verflogen war, kam auf einmal wieder hoch. Er hatte einen Auftrag auszuführen, aber das musste warten. Jetzt würde er sich erst einmal den Burschen hier vorknöpfen. Mit der gebieterischen Geste eines Feldherrn hob er die Hand und forderte den Fahrer auf anzuhalten. Das Gewehr in seiner Hand verlieh seinem Auftritt das notwendige Gewicht. Ohne Zweifel würde der Rowdy sein rücksichtsloses Verhalten einsehen und sich bei ihm entschuldigen, dann könnte er Gnade vor Recht walten lassen.

Nach wenigen Minuten hatte sich ein lautstarkes Wortgefecht zwischen den beiden entwickelt. Der Anführer des Trupps war fassungslos vor so viel Kaltschnäuzigkeit. Er war eine Respektsperson, was dachte der Kerl im Wagen, wenn er vor sich hatte? Nach endlosen Beschimpfungen und Flüchen fuhr der Fahrer der Limousine mit durchdrehenden Reifen los und lies den Soldaten einfach stehen. Da dieser zu dicht an dem losfahrenden Fahrzeug stand, fuhr ihm der Wagen mit dem Hinterreifen über seine Füße. Vor Schmerz abwechselnd von einem auf das andere Bein hüpfend versuchte er sein Gewehr in Anschlag zu bringen. Sein Kopf hatte eine gefährlich, rote Farbe bekommen. Wenn die beiden Soldaten ihren Kameraden nicht beruhigt hätten, hätte er wahrscheinlich auf den Wagen geschossen, so aufgebracht war er. Der immer noch lauthals fluchende Anführer ging in das Wachhäuschen des *ETTC* hinein.

„Wo ist Büro Nummer 26!", fragte er den Wachmann, immer noch schwer atmend.

„26 ist kein Büro, sondern eine Apartmentnummer.", bekam er als Antwort von dem Wachmann.

„Dann ist das eben ein Apartment, wo müssen wir da hin?", der Ton des Soldaten nahm bereits wieder einen genervten Unterton an.

„Das liegt in diesem Gebäude gleich rechts im ersten Stock.", antwortete ihnen der Wachmann. Auch er hatte den Vorfall auf der Straße mitbekommen und konnte sich das Lachen nur mühsam verkneifen. Die Soldaten wollten gerade in Richtung des Gebäudes loslaufen, aber der Wachmann gab den Weg nicht frei.

„Ich darf sie mit Schusswaffen nicht auf das Gelände lassen.", sagte er mutig entschlossen.

„Ich habe den Befehl jemand festzunehmen und Du machst jetzt besser keinen Ärger mehr. Haben wir uns verstanden!" Der Wachmann bemerkte, dass sich das Verhalten des Soldaten schlagartig geändert hatte.

„Ali, Du bleibst hier und behalte den Kerl im Auge.", wies er einen der Soldaten an. In Anbetracht der Übermacht und der bulligen Statur seines Bewachers musste er den kleinen Trupp passieren lassen.

Die beiden Männer gingen die wenigen Meter in den ersten Eingang des Nebengebäudes und nahmen dort die Stufen zum ersten Stockwerk. An der Tür mit der Nummer 26 hielten sie an. Sie lauschten kurz, ob sie Stimmen im Raum hören konnten. Danach gab der Anführer mit einem Nicken das Zeichen. Mit den Waffen im Anschlag traten sie das Türschloss einfach auf. Die Tür schlug laut krachend nach hinten gegen die Wand und die Soldaten stürmten in den Raum. Die beiden unbekleideten Frauen in dem Raum, fingen wie auf ein Kommando an, lauthals zu schreien.

Nachdem er Vincent und Austeja ein paar Minuten zusammen gegeben hatte, machte sich Fredrick mit einem Räuspern erneut bemerkbar.

„Entschuldigen Sie Sir, aber die Zeit drängt nun wirklich."

„Sie haben Recht Fredrick, Austeja fühlst Du Dich in der Lage aufzustehen?", fragte Vincent.

„Ich denke schon.", antwortete sie ihm.

„Aber ich habe nichts anzuziehen und kann ja schwer im Nachthemd und Unterwäsche auf die Straße, oder?"

„Stimmt, das würde wohl mehr Aufmerksamkeit auf sich ziehen als wir gebrauchen können." Vincent ging zu dem Kleiderschrank in der Ecke und öffnete diesen. „Hier das sollte passen." Er reichte ihr eine Jeans und ein graues, verwaschenes Sweatshirt.

„Das ist beides XL Vincent!" stellte sie empört fest.

„Das kann ich an mir festbinden, so groß ist das.", sagte Austeja protestierend.

„Wir haben keine Zeit Dir etwas passenderes zu suchen. Beeil Dich und zieh die Sachen an.", sagte

Vincent zu ihr. Dass sie keine Schuhe für sie hatten, war für den Moment nicht zu ändern. Austeja verschwand im Bad und kam kurz darauf wieder zurück.

Ein gellender Schrei ertönte auf einmal aus dem oberen Teil des Gebäudes.

Den beiden Soldaten bot sich ein chaotisches Bild. Sie hatten erwartet, einen Mann hier anzutreffen. In diesem Raum jedoch waren zwei europäisch aussehende Frauen. Die beiden schrien sich die Seele aus dem Leib, beim Anblick der beiden bewaffneten Soldaten. Die Frauen hielten sich Kleidungsstücke vor ihre nackten Körper, eine hatte ein Handtuch um die nassen Haare gewickelt. Es dauerte einen Moment, bis dem Anführer dämmerte, dass sie den falschen Raum gestürmt hatten. Erneut hatte seine Gesichtsfarbe in rot gewechselt, diesmal jedoch aus Scham.

Austeja sah Vincent erschrocken an, sie hatten die Schreie laut und deutlich hören können. Vincent öffnete die Tür und blickte vorsichtig hinaus. Der Gang war leer aber von dem oberen Stockwerk hörte er laute Stimmen. Er ging die zwei Schritte Richtung Ausgang und blickte durch das Glas in Richtung des Wachhäuschens. Dort sah er einen uniformierten Soldaten stehen.

„Fredrick, ein Soldat steht bei dem Security Mann.", sagte Vincent.

Fredrick kam ebenfalls aus dem Zimmer, Austeja dicht hinter ihm.

„Master Vincent, Sie warten hier mit der jungen Dame, bis ich den Soldaten abgelenkt habe. Wenn Sie die Tür rechts hinausgehen, können Sie durch die Hintertür des angrenzenden Gebäudes in die Büroräume des *DWI (Deutsches Wirtschaftsinstitut Irak)* und von dort ungesehen auf die Hauptstraße gelangen. Das ist die einzige Möglichkeit das Gelände unerkannt zu verlassen."

Fredrick wartete keine Antwort ab. Es würde nicht mehr lange dauern und die anderen Soldaten würden Anfangen, den Rest des Gebäudes zu durchsuchen. Er lief in Richtung Ausgang und fragte dort angekommen den Soldaten, auf arabisch, nach einer Zigarette. Dieser schaute in seinen Taschen nach und drehte sich dann zu Fredrick um, der sich im Wachhäuschen unauffällig hinter ihn gestellt hatte, so als ob er direkt zu Tür hinauswollte. Dadurch wand er seinen Blick von dem Gebäude ab. Diesen Augenblick nutzte Vincent und lief mit Austeja los. Es waren nur wenige Schritte von dem Gebäude um die Ecke zur Hintertür des *DWI*. Sie waren schnell aus dem Blickfeld des Soldaten verschwunden. Von dem Eingangsbereich kamen sie in ein kleines Hinterzimmer. Von hier aus waren es nur noch wenige Schritte in das Großraumbüro. Vincent lief zur Tür und versuchte sie zu öffnen. Sie war verschlossen.

Fredrick bedankte sich bei dem Soldaten für die Zigarette, und ging in Richtung Hauptstraße davon. Er hatte Vincent und Austeja gesehen, wie sie den kurzen Weg entlanggehuscht waren. Als auch er aus dem Sichtfeld des Soldaten verschwunden war, rannte er schnell um den Gebäudekomplex auf den ca. 200 Meter entfernten Eingang des *DWI* zu.

Das Telefon im *Zheen* Hospital stand nicht mehr still. Die Notaufnahme hatte alle Hände voll zu tun, um der Lage Herr zu werden. Im Laufe des Nachmittags trafen immer mehr Patienten ein. Dr. Ayami wurde mit Schrecken klar, dass es nicht gelungen war, die Verbreitung des Virus zu stoppen. Er war niedergeschlagen, seine Tochter hatte die gleichen Symptome gezeigt und ihr Zustand hatte sich schnell verschlechtert. Die Laborergebnisse gaben keinen genauen Aufschluss, an was für einem Erreger sie erkrankt war. Von Löwenstein war nun seine letzte Hoffnung den Impfstoff noch rechtzeitig zu ihm zu bringen.

[07:10 Stunden nach Freisetzung]

Im Regierungsviertel war ein Büro des *Asayesh*, *(Kurdischer Inlandsgeheimdienst)* untergebracht. Vor wenigen Minuten war dort ein Anruf eines Agenten eingegangen, der in der Nähe zur irakischen Grenze im Einsatz war. Der Bericht war alarmierend, es gab größere Truppenbewegungen die sich in Richtung kurdischem Gebiet bewegten. Der Offizier, der die Nachricht entgegen genommen hatte, versuchte seit mehreren Minuten vergeblich, einen diensthabenden Militär im Verteidigungsministerium an den Apparat zu bekommen. Es musste eine Entscheidung getroffen werden, wie man auf die Krisensituation reagieren sollte. Er konnte jedoch weder einen Offizier vom Generalstab noch einen Stellvertreter mit der notwendigen Befehlsgewalt erreichen. Das Land steuerte auf eine Katastrophe zu.

Nach längerer Suche im Gebäude hatten die beiden Soldaten des Oberst endlich den Raum gefunden. In dem Apartment stand ein verlassenes Krankenbett, von Arzt und Patientin fehlte jede Spur. Die beiden gingen zurück zum Wachhäuschen und der Anführer griff nach seinem Handy, um den Oberst anzurufen.

„Wir haben das ganze Gebäude durchsucht, aber ohne Erfolg. Ich vermute, dass die Verdächtigen vor wenigen Minuten erst geflüchtet sind.", sagte der Soldat. „Was sollen wir jetzt unternehmen?"

„Verdammt!", sagte der Oberst am anderen Ende. „Ihr müsst sie unbedingt finden, ich habe neue Information erhalten, dass es sich um eine Frau und zwei männliche Zivilisten handelt. Einer davon evtl. in einem Kaftan. Habt ihr jemand gesehen auf den die Beschreibung passt?"

„Nein, nur zwei Europäerinnen aber niemand im Kaftan....."

„Doch!", sagte der Soldat, der im Wachhäuschen gewartet hatte. „Vor wenigen Minuten hat mich ein Mann im Kaftan nach einer Zigarette gefragt."

Der Oberst befahl, sofort diesen Mann zu suchen. Die drei Uniformierten liefen in die Richtung, die ihnen ihr Kamerad genannt hatte.

„Hier lang Austeja, durch dieses Fenster kommen wir auf das Nachbargrundstück." Vincent schob einen Bürotisch unter das Fenster, kletterte hinauf und reichte Austeja die Hand. Er öffnete das schmale Fenster und blickte hinaus.

„Auf dieser Seite ist eine Baustelle, von da aus können wir auf die Straße laufen." sagte er.

„Du zuerst, es ist einfacher, wenn ich Dich hochhebe." Er griff Austeja unter die Arme und half ihr, das Fenster zu erreichen. Langsam ließ sie sich an der anderen Seite herab und landete problemlos auf dem sandigen Untergrund. Danach zog sich von Löwenstein an dem Fenster hinauf und kam neben ihr auf dem Boden auf.

„Komm! Wir müssen uns beeilen." Er deutete mit dem Arm in Richtung des offenen Zaunes. Dort angekommen konnten sie rechts Fredrick sehen, der vor dem verschlossenen Seiteneingang auf sie wartete.

„Fredrick!", rief von Löwenstein. „Wo ist der Wagen?"

„Gleich hier an der Straße, Sir.", antwortete Fredrick. In dem Augenblick, als er sich in Bewegung setzte, hörten sie einen Schuss fallen. Erschrocken drehten sie sich um. Sie konnten drei Soldaten sehen, die um die Ecke des *ETTC* gelaufen waren. Sie beschleunigten ihre Schritte und rannten auf den Wagen zu, in den Fredrick eingestiegen war. Austeja und Vincent sprangen auf die Rücksitze. Als Fredrick mit Vollgas losfuhr, trafen die ersten Schüsse das Fahrzeug. Vincent hatte sich schützend über Austeja geworfen. Zum Glück richteten die Treffer keine Schäden an.

Nachdem sie den Mann mit dem Kaftan entdeckt hatten, feuerte einer der Soldaten einen Warnschuss in die Luft, um die Flüchtenden aufzuhalten. Diese rannten jedoch zu einem parkenden Fahrzeug. Während zwei der Soldaten das Feuer eröffneten, rannte der dritte zu ihrem eigenen Wagen eilte. Schnell stiegen sie ein und nahmen die Verfolgung auf.

„Das müssen die Männer des Oberst sein.", sagte von Löwenstein.

„Wir müssen dringend in das Hotel zurück.", sagte Austeja. Fredrick schüttelte verneinend den Kopf.

„Dort ist es zu gefährlich für uns. Ich bin mir sicher das die Männer des Oberst bereits auf uns warten.", sagte Fredrick.

„Fredrick hat Recht Austeja, wir können unmöglich jetzt in das Hotel zurück. Warum bist Du für diese Leute so wichtig?", fragte er sie.

„Bitte verzeihen Sie, Sir. Aber wir werden verfolgt und ich habe immer noch kein konkretes Fahrziel.", wandte Fredrick ein. Von Löwenstein zerbrach sich den Kopf, wohin sie flüchten könnten. Es gab hier nichts in der Nähe, wo sie nicht sofort Aufmerksamkeit erregen würden oder wo sie sich verstecken könnten. Es dauerte ein paar Sekunden, dann hatte er einen Einfall.

„Ha, ich weiß wohin wir fahren Fredrick!", brüllte der Graf auf einmal. „Fahren Sie in die Altstadt, wir müssen unsere Verfolger dort abschütteln und dann zur Zitadelle. Wir können uns dort in dem alten Gangsystem verstecken das ich entdeckt habe. Noch ist das Geheimnis der Zitadelle eines, das keiner kennt.", sagte Vincent.

Das einzige Problem, dass sie jetzt noch hatten, war den Wagen mit ihren Verfolgern abzuschütteln. Die Soldaten verringerten langsam aber stetig den Abstand zu ihnen.

„Wenn ich vorschlagen dürfte, dass wir zuerst getrennt durch den Bazar flüchten. So sind die Chancen für uns größer zu entkommen als zusammen.", sagte Fredrick.

„Sie haben Recht Fredrick, von dort müssen wir dann nur noch in die Zitadelle gelangen. Wenn wir dort unentdeckt angekommen sind, haben wir erst mal Ruhe."

Der Personenschutz des Präsidenten wurde von seinem Leiter informiert, dass Präsident *Barzani* in das Militärkrankenhaus gebracht werden müsse. Der herbeigerufene Arzt konnte an dessen Amtssitz nichts mehr für ihn tun. Seit er von dem Messebesuch zurückgekehrt war, hatte sich sein Zustand mit jeder Stunde verschlechtert. Der Arzt wählte die Nummer von Mustafa Omar. Dieser würde die verbliebenen Minister über die Entwicklung unterrichten müssen. Im Moment war das Land handlungsunfähig.

Kapitel 26

Der Sandsturm zog sich immer dichter über der Stadt zusammen. Die Sicht reichte nur noch etwas mehr als 50 Meter weit. Man konnte denn Sand in der Luft förmlich schmecken. Das Fahrzeug der Soldaten war bis auf wenige Meter an sie herangekommen. Nur noch drei Wagenlängen trennte sie von ihren Verfolgern. Wenn ihre Flucht erfolgreich sein sollte, mussten sie sich jetzt beeilen.

„Wenn ich den Wagen stoppe springen sie beide raus! Ich fahre ein paar Meter weiter um unsere Verfolger etwas abzulenken und ihnen beiden etwas Zeit zu verschaffen!"

„Ok Fredrick, versprich mir gut auf Dich aufzupassen. Wenn alles gut gegangen ist treffen wir uns an der Moschee oben in der Zitadelle.", sagte von Löwenstein, der seinem Butler dabei freundschaftlich die Schulter drückte.

Fredrick wusste, dass Vincent sich Sorgen um ihn machte. „Seien Sie unbesorgt Master Vincent, es wird alles gut gehen."

Fredrick steuerte abrupt den Wagen an die rechte Seite. Austeja öffnete ihre Tür und stieg mit Vincent direkt hinter sich aus.

„Schnell, in den Gang hier rein!", sagte Vincent zu ihr. Sie rannten, so schnell sie konnten, in das Gewirr der engen Gassen.

Die Soldaten hatten zügig aufgeholt. Der Fahrer des Wagens blickte angespannt auf das Fahrzcug, das sie verfolgten. Er wollte gerade zum Überholen eines anderen Fahrzeugs vor ihnen ansetzen, als der Wagen der Flüchtigen völlig überraschend anhielt und zwei Personen ausstiegen. Direkt danach fuhr der Wagen wieder los. Die ganze Aktion hatte nur wenige Sekunden gedauert.

„Was soll ich machen?", fragte der Fahrer unschlüssig.

„Du verfolgst den Wagen, wir kümmern uns um die beiden anderen.", befahl der Anführer und stieg mit einem der Soldaten aus. Auch wenn der Entscheidungsprozess nur wenige Sekunden gedauert hatte, die Flüchtigen waren dadurch etwas im Vorteil.

Der Bazar bestand aus größeren Hauptwegen die sich in mehreren engeren Nebenarmen verzweigten. Wenn man das System einmal verstanden hatte war es nicht so schwierig, die Orientierung zu behalten. Von Löwenstein war mit Austeja den Hauptgang bis zu einer ersten Abzweigung gelaufen, dort sah er sich zum ersten Mal nach ihren Verfolgern um.

„Ich sehe zwei Soldaten ungefähr 150 Meter hinter uns Austeja." Er rannte mit ihr in die rechte Abzweigung, hier war der Bereich der Gold- und Schmuckhändler. Dort war immer sehr viel Betrieb, was ihnen beiden jetzt zugute kam. Nach wenigen Metern lief er mit ihr erneut in einen Nebenarm und dort gleich wieder nach links. Er hoffte auf diese Art, seine beiden ungewollten Anhängsel loswerden zu können. Zuerst brauchten sie eine Lösung für ihr auffälliges Äußeres. Da viele Frauen ein Kopftuch trugen, fielen Austejas hellbraune, lange Haare zu sehr auf.

Nachdem Fredrick den Wagen um die erste Kurve gefahren hatte, stieg er einfach aus und lies den Wagen mitten auf der Straße stehen. Augenblicklich staute sich der Verkehr und ein Hupkonzert ertönte auf der Straße. Aus dem Augenwinkel konnte er gerade noch erkennen, dass sein Verfolger ebenfalls seinen Wagen stehen gelassen hatte. Er bog in den erstbesten Gang ein der vor ihm lag und verschwand in der Menge.

Der junge Soldat, folgte dem Mann so schnell er konnte. Eben sah er, dass dieser in einen Weg einbog. Der Soldat war nur noch wenige Meter hinter ihm, dank seiner guten körperlichen Form hatte er ihn problemlos eingeholt. Mit geübtem Griff entsicherte er seine Pistole, die im Halfter steckte. Im Angesicht seines bevorstehenden Triumphes musste er grinsen. Der Oberst würde sehr zufrieden mit ihm sein. Schnell bog der Uniformierte in den Weg ein und traute seinen Augen nicht. Eben gerade war der Mann im Kaftan noch direkt vor ihm gewesen, jetzt aber sah er ihn nicht mehr. Verzweifelt suchte er die Umgebung ab und versuchte, einen Hinweis zu erhaschen, wohin er verschwunden sein könnte.

Fredrick bog um die Ecke, er wusste seinen Verfolger dicht hinter sich. Sein Vorhaben musste sehr schnell geschehen, wenn er Erfolg haben wollte. Direkt nachdem er in den Gang eingebogen war, zog er sich den Kaftan mit einer schnellen Bewegung über den Kopf. Dann warf er diesen, mitsamt dem Kopftuch hinter den Tresen eines Teehändlers. Der Mann blickte ihn verdutzt an. Fredrick nickte mit dem Kopf in die Richtung, in die der Teehändler schauen sollte. In diesem Augenblick bog ein uniformierter Soldat in den Gang ein, der sich mit wachsamem Blick umschaute. Der Teehändler grinste Fredrick mit einem zahnlosen Lächeln verschwörerisch an und schenkte ihm einen Tee ein. Mit seinem rechten Fuß beförderte er den Kaftan weit unter seinen Tresen. Für Kurden war es eine Ehrenpflicht Verfolgte zu beschützen. Fredrick dankte dem Händler für den angebotenen Tee. Ein Glück hatte er seine Zivilkleidung unter dem Kaftan getragen. Sein Herz hämmerte vor Anspannung in seiner Brust. Der Soldat stand so dicht hinter ihm, dass er ihn fluchen hören konnte. Fredrick kaufte in aller Ruhe dem Händler einen Beutel des »Fluchttees« ab und gab ihm ein großzügiges Trinkgeld. Dann drehte er dem Soldaten wieder den Rücken zu und ging gemächlich den Weg zurück. Erst außerhalb der Sichtweite seines Verfolgers beschleunigte er seine Schritte. An einem der Stände kaufte er Wasser und etwas Obst. Danach bog er in Richtung der Zitadelle ab.

Die beiden Soldaten hielten Ausschau nach dem Mann und der Frau. Sie teilten sich auf, um ihren Suchradius zu vergrößern. Sie mussten die Flüchtigen finden, der Oberst war kein Mann, der Fehler verzieh. Der Anführer blickte in einen Seitengang, gerade als er sich wieder umdrehen wollte sah er aus dem Augenwinkel eine Bewegung. Er lief in den Seitengang hinein um nachzusehen, was seine Aufmerksamkeit erregt hatte.

Vincent hatte Austeja ein buntes Kopftuch gekauft, das diese sich schnell um den Kopf und Schultern gelegt hatte.

„Gibt es hier einen Hinterausgang?" fragte er den Händler.

Der Mann blickte bei dieser Frage etwas verwirrt, antwortete von Löwenstein jedoch, ohne weiter nach dem Grund zu fragen.

„Hier hinten ist ein Ausgang, der auf die andere Seite führt." Er öffnete die kleine Tür hinter sich und gab den Weg frei. Von Löwenstein bedankte sich bei dem Mann und sie liefen schnell über den kleinen Hof. Auf dem Hauptgang angekommen blickte er sich nach ihren Verfolgern um. Vincent konnte die Soldaten nirgends entdecken. So schnell sie konnten, liefen sie in Richtung der Zitadelle.

Die Bewegung, die der Soldat gesehen hatte, stellte sich als ein vor einem Ventilator wehendes Stück Stoff heraus. Er beschloss die Suche abzubrechen und zum Auto zurückzukehren. Er musste schlucken bei dem Gedanken dem Oberst mit leeren Händen gegenüber treten zu müssen. Über Funk verständigte er sich mit seinen beiden Kameraden. Er erreichte den Ausgang als Erster und schaute konzentriert den Gang entlang in der Hoffnung, doch noch eine Spur der Flüchtigen zu finden.

Vincent und Austeja waren unbemerkt aus dem Bazar gekommen und hatten es fast auf die andere Straßenseite geschafft. Gerade als sie das letzte Stück der Straße überqueren wollten, kam ein Laster auf sie zu und musste Bremsen. Lautstark machte der Fahrer seinem Unmut Luft und betätigte dabei die Hupe des LKW.

Einer seiner Soldaten war mittlerweile zu ihm gestoßen, als ein lautes Hupgeräusch seine Aufmerksamkeit auf die Straße lenkte. Vor einem LKW standen ein Mann und eine Frau. Die Frau trug jetzt zwar ein Kopftuch, aber er konnte noch immer erkennen, dass die Hose die sie anhatte, ein paar Nummern zu groß für sie war. Vor allem sah er, dass sie barfuß war. Er lief langsam los, zückte sein Funkgerät und gab dem dritten Soldaten seine Position durch. Das Pärchen, das sie gesucht hatten, lief in Richtung der Zitadelle.

Von Löwenstein war sich seiner Sache noch nicht sicher. Er wagte es nicht, sich umzublicken, aus Furcht sich dadurch zu verraten. Sie hatten gerade den Aufgang zur Zitadelle erreicht, als er doch einen Blick riskierte um sich zu vergewissern, ob sie ihre Verfolger abgeschüttelt hatten. Keine 60 Meter hinten ihnen konnte er die Soldaten am Ausgang des Bazars sehen. Von Löwenstein packte Austeja am Arm.

„Lauf so schnell Du kannst, Austeja!", sagte er.

Der Weg zum Eingang zur Zitadelle führte steil bergauf.

„Ich kann nicht mehr Vincent.", sagte sie schon schwer atmend.

Die Flucht hatte sie mehr mitgenommen, als er gedacht hatte.

Fredrick hatte es sich neben der Moschee, hinter einer Säule vor Blicken geschützt, bequem gemacht. Er erhob sich gerade, als er in größerer Entfernung Vincent und Austeja um die Ecke des großen Torbogens kommen sah. An ihrem hektischen Gang konnte er erkennen, dass sie nicht so erfolgreich wie er gewesen waren, ihre Verfolger abzuschütteln.

„Fredrick! Sie sind uns auf den Fersen. Austeja kann kaum noch laufen.", rief ihm von Löwenstein zu. Tatsächlich bogen in diesem Augenblick auch schon die Soldaten in die Zitadelle ein. Hier oben hatten sie freies Schussfeld. Augenblicklich eröffneten sie das Feuer.

Die Salven zwangen sie in eine Seitenstraße abzubiegen. Sie mussten jetzt sehr schnell handeln, wenn sie den Soldaten entkommen wollten.

„Verdammt, wir müssen irgendwie auf die andere Seite kommen. Hier können die Soldaten uns leicht in die Zange nehmen.", sagte von Löwenstein.

„Die einzige Chance ist der kleine Gang hinter der Moschee, von dort sind es nur noch ein paar Meter."

„Ich denke wir werden das nicht schaffen, Sir. Die junge Dame hat kaum noch Kraft. Zu dritt kommen wir nicht schnell genug voran."

„Sie haben Recht. Fredrick, Sie gehen mit Austeja hinter den Häusern hier gleich links, hinter die Moschee. Ich laufe zurück und lenke sie ab. Dann sollten wir genug Zeit haben." Fredrick war mit dieser Lösung nicht ganz glücklich, wusste aber, dass Vincent Recht hatte. Er nahm Austeja und lief mit ihr in die besprochene Richtung los. Vincent hatte ihm genau erklärt, in welches Haus sie gehen mussten. Durch den Sandsturm hatten sie gute Chancen, unerkannt hinter die Moschee zu gelangen. Die Sicht war immer noch sehr eingeschränkt. Vincent würde ihnen nur etwas Zeit verschaffen müssen.

Der Graf lief einen Bogen und kaum war er an der Straße, kamen die Soldaten auch schon um die Ecke. Die Kugeln schlugen in rascher Reihenfolge neben ihm im Sand ein. Es würde nicht lange dauern und sie würden treffsicherer werden. In seiner Not nahm er einen schweren Stein und warf diesen in Richtung der Soldaten.

Gewohnheitsmäßig hatten die Soldaten jede Deckung ausgenutzt. Auch wenn bisher das Feuer nicht erwidert wurde, mussten sie davon ausgehen, das die Flüchtlinge evtl. Waffen mit sich führten. Der Anführer wechselte gerade das Magazin, als ein großer Stein über ihm an die Wand prallte. Er traute seinen Augen nicht.

„Hat er eben mit einem Stein nach uns geworfen???", der Anführer der Soldaten war geradezu empört über so viel Dreistigkeit.

Fredrick bog mit Austeja in den Weg ein, den Vincent ihm genannt hatte. Er steuerte auf das zweite Haus in der Straße zu und öffnete die Tür. Von Löwenstein hatte ihm genaue Anweisungen gegeben, die Tür wieder zu schließen. Dadurch würde er selbst zwar etwas Zeit verlieren, aber man würde ihnen im Falle seiner Ergreifung nicht sofort auf ihre Spur kommen. Im Haus angekommen öffnete er die Klappe und half Austeja die Stufen in den Raum hinunter. Danach blieb ihnen nichts anderes übrig als abzuwarten.

Von Löwenstein hoffte, Fredrick und Austeja genügend Zeit verschafft zu haben. Er spannte seine Beinmuskeln an, sprang aus der Deckung und rannte so schnell er konnte quer über die Straße. Dabei schlug er immer wieder Haken, um ein möglichst schwierig zu treffendes Ziel abzugeben. Er war fast in der kleinen Gasse auf der anderen Seite verschwunden, als ihn ein stechender Schmerz am Arm durchzog. Eine Kugel schlug, keine 20 cm neben seinem Gesicht, in die Hauswand. Durch den Einschlag wurden kleine Steinsplitter weggeschleudert, die sich schmerzhaft in seine Wange bohrten. Vincent stolperte und fiel der Länge nach auf den Boden. Er wusste, ihm würde nicht viel Zeit bleiben. Die Soldaten waren ihm dicht auf den Fersen. Er benötigte einen Vorsprung, um zu dem Haus zu gelangen. Schließlich durften die sie nicht sehen, hinter welcher Tür er verschwinden würde.

Vincent rappelte sich auf und rannte die letzten Meter auf die Gasse zu. Schnell verschwand er in dem Haus.

Keine Sekunde nachdem Vincent die Tür geschlossen hatte, bog auch schon der erste Soldat in die Straße ein und suchte hektisch die Umgebung nach ihm ab.

Von Löwenstein ging um die Ecke in das Zimmer mit der Öffnung im Boden. Er klopfte auf die Klappe und Fredrick öffnete diese schnell. Von Löwenstein huschte in den Keller.

Fredrick, Austeja und Vincent saßen nach Atem ringend auf den Stufen der Treppe.

„Wir haben es gerade so geschafft alter Freund. Das war knapp.", flüsterte von Löwenstein an Fredrick gewandt.

Nach einer kurzen Pause machten sie sich weiter auf den Weg. Die Taschenlampe, die Vincent immer in seiner Tasche dabei hatte, war nun Gold wert. Nachdem Fredrick mit Austeja in dem unterirdischen Gang verschwunden war, zog von Löwenstein das Gerümpel so vor den Eingang, das man diesen nicht gleich als solchen erkennen würde. Der Weg war beschwerlich, aber hier unten war es zum Glück nicht mehr so heiß. Nach ein paar Minuten hatten sie die Kammer erreicht. Zum ersten Mal, seit sie ihre Flucht begonnen hatten, konnten sie sich etwas ausruhen.

Von Löwenstein spürte, wie seine Backe brannte und das etwas warm an seinem Arm herunterlief.

„Fredrick leuchten Sie bitte mal auf meinen Arm.", sagte Vincent. Im Lichtstrahl der Lampe konnte er sehen, dass das Hemd von Vincent an einigen Stellen Rot war. Blut tropfte von seinen Fingern auf den Boden herunter.

„Oh mein Gott, Du bist getroffen worden.", rief Austeja und hielt sich vor Schreck die Hand vor den Mund.

„Ach was, das ist doch nur ein Kratzer.", versuchte Vincent sie zu beschwichtigen.

„Halten Sie bitte mal die Lampe für mich.", sagte Fredrick. Austeja nahm die Taschenlampe in die Hand und Fredrick machte sich daran die Wunde zu untersuchen. Er riss den Ärmel direkt unterhalb der Schulternaht ab und zog ihn über von Löwensteins Arm.

„Es ist nur eine Fleischwunde, wahrscheinlich hat Sie ein Streifschuss erwischt, Sir." Fredrick wusch mit etwas Wasser die Wunde vorsichtig aus. Mit dem abgerissenen Ärmel legte er einen provisorischen Verband an. Danach begann er vorsichtig mit der Messerspitze die kleinen Steinchen aus Vincents Backe zu entfernen. Zum Glück hatte sich von Löwenstein nach der Messe im Hotel umgezogen und gewohnheitsmäßig seine Tasche mitgenommen.

„Das sollte fürs erste reichen, aber wir werden bald Ihre Wunden besser versorgen müssen.", sagte Fredrick.

Nachdem sie etwas gegessen und getrunken hatten, lehnten sie sich zurück und genossen für ein paar Augenblicke die Stille.

Kapitel 27

„Ihr habt sie entkommen lassen!" schrie der Oberst seine Männer an, die er in das provisorische Einsatzquartier, etwas außerhalb der Stadt zurückbeordert hatte.

"Wie können eine Frau, ein verdammter Bücherwurm und sein Butler drei bewaffneten und gut ausgebildeten Soldaten entwischen? Eure Unfähigkeit gefährdet die ganze Operation!" Der Oberst brüllte seine ganze Wut den Männern ins Gesicht.

Die drei Soldaten blickten betreten zu Boden. Keiner wagte etwas zu erwidern.

Sinclair hatte sich den Bericht der Soldaten angehört. Er war verwundert, warum von Löwenstein nicht erkrankt war, der Mann wurde ihm so langsam lästig. Er hatte ihm persönlich ein Glas gereicht und nach seinen Informationen war bereits ein Großteil der anwesenden Gäste mit eindeutigen Symptomen außer Gefecht gesetzt. Es war ihm zwar zuwider warten zu müssen, aber er war sich sicher, dass die drei, früher oder später, in das Hotel zurückkehren würden. Er hatte seinen Ohren nicht getraut, als er erfahren hatte, dass der Mann im Kaftan wahrscheinlich Fredrick war. Einer der Soldaten hatte ihn ziemlich genau beschrieben. Irgendwie musste ihm die Flucht aus dem Gebäudekomplex gelungen sein.

„Oberst, positionieren Sie ein paar Männer im Hotel. Aber nicht wieder solche schießwütigen Cowboys. Solange die andere Ampulle mit dem Gegenmittel nicht in unserem Besitz ist, können wir mit dem Angriff nicht beginnen. Muss ich Ihnen erklären das die Peschmerga Einheiten in der Überzahl sind und es das Kernelement meines Plans ist, dass diese erst von dem Virus außer Gefecht gesetzt werden?"

„Ich werde mich dieses Mal persönlich darum kümmern Doktor Sinclair. Es wird keine weiteren Zwischenfälle mehr geben."

„Das will ich für Sie hoffen Oberst. ", antwortete Sinclair spitzzüngig.

Wenn diese Mission erfolgreich zu Ende geführt war, würde er diesem ungläubigen Hund eigenhändig den Kopf abschneiden, schwor sich der Oberst.

Er breitete eine Karte von Erbil auf dem Tisch aus. „Zeigt mir genau wo ihr sie verloren habt." Der Anführer des Trupps zeigte den Verlauf der Verfolgung vom *ETTC*, zum Bazar und der Zitadelle.

„Wir haben alle Häuser, in die sie geflohen sein konnten gründlich durchsucht. Sie waren einfach weg!? Wie vom Erdboden verschwunden Oberst." Der Oberst dachte über das gehörte nach.

„Ich kann euch ganz genau sagen wo sie sich versteckt halten.", sagte der Oberst und blickte mit einem wissenden Grinsen zu Sinclair.

Auf der Krankenstation herrschte das blanke Chaos. Am Anfang hatte man versucht, die Patienten zu isolieren. Es wurden jedoch immer mehr und die Klinikleitung war dazu übergegangen, eine ganze Etage, als einen großen Isolationsraum einzurichten. Vor den Türen hatte man mit Folie, so gut es ging, eine Luftschleuse errichtet. Die Schwestern und Pfleger versuchten sich, mit einem Mundschutz vor einer Ansteckung zu schützen. Dr. Ayami wusste, dass dies keinen wirksamen Schutz darstellte. Er blätterte die Liste mit den Neuaufnahmen der letzten paar Stunden durch. Bei den routinemäßig durchgeführten Aufnahmegesprächen kristallisierte sich heraus, dass die meisten Erkrankten heute an dem Empfang auf der *Medicare* teilgenommen hatten.

Ein furchtbarer Verdacht kam in ihm auf. Er griff zum Telefon und leitete eine Konferenzschaltung mit den anderen Kliniken ein. Nach wenigen Minuten wurde aus seinem Verdacht grausame Gewissheit. Die medizinischen Leiter der Kliniken hatten absolutes Stillschweigen vereinbart. Die komplette Führungsriege der autonomen Region Kurdistan war außer Gefecht gesetzt. Wenn diese Information an die Öffentlichkeit dringen würde, musste man ein weitaus größeres Chaos befürchten. In diesem fragilen Zustand war das Land äußerst verwundbar. Selbst das Militärkrankenhaus gab unter der Hand zu, das die meisten hochrangigen Militärs handlungsunfähig waren. Es gab erste Gerüchte, das *ISIS* Einheiten auf Erbil zumarschieren würden. Kurdistan steuerte auf eine Katastrophe zu. Er musste mit von Löwenstein Kontakt aufnehmen. Neben seinem Land stand für Ayami noch etwas viel wichtigeres auf dem Spiel. Das Leben seiner Tochter.

[09:30 Stunden nach Freisetzung]

Nachdem sie sich etwas ausgeruht hatten, versuchte Vincent die diversen Informationen zu bündeln.

„Wir sollten versuchen der Reihe nach vorzugehen." sagte von Löwenstein.

„Ich glaube, es ist am besten ich erzähle von Anfang an." sagte Austeja.

„Nach meinem Besuch in Vilnius habe ich mit meinem Vater vor ein paar Tagen nochmal telefoniert.

Er hat mir erzählt, warum Sinclair mit ihm in Kontakt getreten war. Anfang der 90'er, in den Zeiten der Abspaltung Litauens von der Sowjetunion, wurde meine Mutter unter Druck gesetzt. Sie sollte die Namen von litauischen Widerstandskämpfern verraten. Ihre Eltern lebten damals noch in der Nähe von Moskau. Der *KGB (ehemaliger sowjetischer In- und Auslandsgeheimdienst)* hatte gedroht ihre Familie in den Gulag zu schicken, wenn sie nicht kooperieren würde. Meine Mutter hatte lange mit ihrem Gewissen gerungen. Sie nannte den russischen Behörden schweren Herzens ein paar Namen. Litauen wurde nach kurzer Zeit unabhängig und es kam nie zu Verhaftungen. Die Sache hatte für niemanden Konsequenzen." Austeja machte eine kurze Pause.

„Sinclair hatte meinen Vater im letzten Jahr kontaktiert, dass er ihn treffen wollte. Er erwähnte ein paar Details und Begebenheiten die nur ein Insider, wissen konnte. Mein Vater nahm an, das Sinclair alte *KGB* Akten in die Hand bekommen haben musste. Bei dem Treffen zeigte er meinem Vater Unterlagen die belegten dass meine Mutter eine russische Spionin gewesen war. Er fragte ihn warum er ihm das alles zeigen würde. Seine Antwort war das wenn mein Vater Vergangenheit, Vergangenheit seinlassen wollte, er ihn mit seinem Fachwissen unterstützen müsste. Sinclair verlangte von ihm, dass er einen schnell wirkenden Erreger heranzüchten sollte, mitsamt einem Impfstoff. Mein Vater lehnte natürlich sofort ab. Aber Sinclair erpresste ihn damit, dass diese Unterlagen an die litauische Presse gehen würden. Mein Vater war verzweifelt. Sie hätten den Leichnam meiner Mutter einfach Exhumiert und nach Moskau verfrachtet. Ihr letzter Wille war es hier bei uns, in der Stadt in der wir so glückliche Zeiten zusammen gehabt hatten, ihre letzte Ruhe zu finden. Und wenn er als Ehemann einer Kollaborateurin gebrandmarkt würde, dann würde auch er seine Heimat verlassen müssen.", schloss Austeja ihren Bericht ab.

Es entstand ein Moment des Schweigens, indem von Löwenstein die Informationen erst einmal verarbeiten musste.

„Ich kann verstehen, dass das Deinen Vater sehr belastet haben musste Austeja. Aber den Tot von mehreren tausend Menschen rechtfertigt das doch nicht oder? Ich meine Dein Vater war und ist immerhin noch Arzt.", sagte Vincent, ohne das er dabei anklagend klang.

„Mein Vater hätte diese Entscheidung niemals nur getroffen, weil Informationen aus der Vergangenheit aufgetaucht wären. Aber Sinclair musste ihm wohl unmissverständlich klar gemacht haben, dass er mir etwas antun würde, wenn mein Vater nicht tun würde was er von ihm verlangte.", antwortete Austeja. „Selbst wenn ich in Vilnius geblieben wäre, Sinclair hätte uns niemals in Ruhe gelassen. Ich bin alles was meinem Vater geblieben ist Vincent. Verstehst Du jetzt, die ausweglose Lage in der er sich befand?"

„Natürlich verstehe ich das Austeja, es tut mir Leid, daran hätte ich eher denken müssen. Aber warum hast Du nicht viel früher mit mir darüber geredet?", fragte er.

„Da Du mit Sinclair zusammen gearbeitet hattest, wusste ich zu diesem Zeitpunkt noch nicht, ob Du mit der Sache etwas zu tun haben könntest.", sagte sie zu Vincent. „Das war der Grund, warum ich mich Dir nicht gleich anvertraut habe."

Vincent konnte ihre Beweggründe gut nachvollziehen.

„An dem Abend, an dem der Oberst mich verschleppen ließ, da habe ich bei Dir vorher einen

Biotube mit dem Impfstoff deponiert. Ich dachte mir wenn Du wirklich auf seiner Seite stehen solltest würde man den Behälter bei Dir als letztes vermuten. Solltest Du nicht auf seiner Seite sein, dann wäre der Impfstoff bei Dir in guten Händen.", sagte Austeja.

„Das war verdammt clever.", lobte er sie.

Um Austeja und Fredrick zu zeigen wie sie von hier wegkommen würden, wollte Vincent ihnen einen Plan von Erbil zeigen, den er abfotografiert hatte. Er zückte sein *iPhone* und suchte das Bild in seinem Ordner.

„Moment!" Austeja krallte sich bei dem Anblick eines der Bilder in seinen unverletzten Arm. „Nochmal zurück.", sagte sie erschrocken.

„Was ist?" Er öffnete das Bild, das sie gemeint hatte. Die Aufnahme zeigte ein Bild, das er heute auf der Messe gemacht hatte. Sie zeigte von Löwenstein mit dem Präsidenten und seinem Berater.

„Wer ist der Mann mit dem Ordner, der mit dem Vollbart?", wollte sie wissen.

„Das ist Mustafa Omar, der persönliche Berater des Präsidenten.", sagte Vincent. „Warum?"

„Das ist der Mann, der mich entführt hat Vincent. Das ist der Oberst!"

Kapitel 28

Es dauerte eine Weile, bis er diese Information eingeordnet hatte.

„Mein Gott, ich stand die ganze Zeit mit ihm in Kontakt. Daher kannte er jeden Schritt von mir. Ich habe mich noch gewundert, als er so interessiert nach meinen Ergebnissen in der Zitadelle fragte.....verdammt." Von Löwenstein schlug sich mit der flachen Hand auf die Stirn.

„Was ist Sir?", Fredrick bemerkte, dass Vincent etwas Wichtiges eingefallen sein musste.

„Er weiß genau wo wir sind! Ich habe ihm heute morgen auf der Messe sehr detailliert den Gang hier beschrieben. Ich konnte ja nicht ahnen wer er in Wirklichkeit ist. Wir müssen sofort von hier verschwinden."

Von Löwenstein wollte gerade aufstehen, als er aus der Entfernung leise Geräusche hörte. „Ich glaube sie haben den Zugang entdeckt. Schnell wir müssen hier weg!"

Die Männer des Oberst hatten das Gelände durchsucht und den gut getarnten Zugang zu dem unterirdischen Gangsystem gefunden. So leise wie möglich hatten sie die Barrieren vor dem Durchgang beiseite geräumt. Der Anführer des Trupps lauschte in die Öffnung hinein. Er konnte jedoch nichts hören. Hinter ihm murmelten seine Männer, da der Gang eng und Beschwerlich aussah.

„Sobald ich einen von denen sehe, drücke ich ab.", sagte einer der Soldaten.

„Das wirst Du schön seinlassen. Wenn Du hier in dem engen Gewölbe einen Schuß abfeuerst, platzt uns allen das Trommelfell. Idiot! Und jetzt seid leise! Sonst können wir uns ja gleich mit einem Marschlied ankündigen.", befahl der Anführer seinen Männern.

„Vincent, was machst Du den noch. Komm schon!" Austeja wartete ungeduldig in dem Gang auf ihn.

„Einen Moment noch, ich habe noch eine kleine Überraschung für unsere Freunde." Sie konnte sehen, wie Vincent am Eingang des Tunnels herumhantierte.

Sie waren schneller vorangekommen, als sie erwartet hatten. Der Anführer sah sich kurz in dem Raum um. Schnell fand er die andere Öffnung in der gegenüberliegenden Wand.

„Los, da lang. Gleich haben wir sie." Er rannte auf den Durchgang zu. Gerade als er durch den Eingang gehen wollte, wurde er wie von einer unsichtbaren Hand zurückgerissen. Er stürzte der Länge nach hin und seine Männer, die dicht hinter ihm waren, fielen über seinen Körper.

Sie hörten die Laute der stürzenden Männer. Vincent konnte sich trotz des Ernstes der Lage, in der sie steckten, ein Lachen nicht verkneifen.

„Was hast Du an dem Eingang gemacht?", fragte ihn Austeja.

„Ich habe nur etwas durchsichtige Angelschnur, die ich noch in meiner Tasche hatte, quer über den Durchgang befestigt. Das dürfte sie etwas aufgehalten haben.", antwortete er ihr.

Sie waren zügig in dem Raum unter der Ausstiegsluke angekommen und Fredrick drückte mit beiden Händen gegen die Klappe.

Nichts geschah.

„Sind Sie sich sicher, dass die Luke nicht versperrt ist, Sir?"

„Ja absolut Fredrick, lassen Sie mich mal dagegen drücken.", antwortete ihm von Löwenstein.

„Sehr wohl, Sir.", sagte Fredrick und machte von Löwenstein Platz. Mit aller Kraft drückte Vincent gegen die Klappe. Sie bewegte sich nur um wenige Zentimeter nach oben.

„Da muss etwas drauf liegen.", stöhnte von Löwenstein sichtlich angestrengt. Austeja die an der Öffnung zum Durchgang wartete, konnte hören, das ihre Verfolger sich bereits in dem Durchgang befanden.

„Sie kommen näher Vincent!" Mehr brauchte sie ihm nicht zu sagen. Er stellte sich zwei Stufen höher und drückte nun mit dem Rücken und der ganzen Kraft seiner Beine gegen die Klappe. Langsam bewegte sie sich Stück für Stück nach oben.

„Beeilung! Ihr müsst durch meine Beine klettern." Fredrick schob Austeja schnell vor sich her. Von Löwenstein, der genau auf die Öffnung zu dem Durchgang blickte, konnte bereits die Stimmen der Soldaten hören und den Schein ihrer Taschenlampen wild hin- und her flackern sehen. Sie konnten nur noch wenige Meter von dem Kellerraum entfernt sein.

Nachdem Fredrick erst Austeja geholfen hatte, war er selbst rausgeschlüpft. Nun konnten sie sehen, was die Klappe versperrt hatte. Ein massiver Holzschrank war auf den unteren Teil gefallen. Anscheinend war dieser bei dem Erdbeben unglücklich auf die Klappe gefallen. Gemeinsam mit Austeja bewegte Fredrick das schwere Ungetüm Stück für Stück von der Luke runter.

Vincent merkte, wie das Gewicht merklich über ihm nachließ. Er drehte sich so schnell er konnte um und war mit dem Oberkörper bereits aus der Öffnung. Da kam der erste Soldat schon aus dem Durchgang gerannt und sprang auf die Treppe. Mit einer Hand erwischte er einen Fuß des Flüchtigen. „Ich hab ihn!", brüllte er triumphierend.

„Er hat mich am Fuß erwischt." Vincent drehte und wand sein Bein, aber der Mann unter ihm ließ ihn nicht los. Zum Glück war die Treppe so schmal, das nur eine Person darauf stehen konnte. Sonst hätte man ihn bereits zurück in den Raum gezogen. So kam es zu einem Patt. Fredrick zog Vincent am Oberkörper nach oben und der Soldat zog ihn am Fuß nach unten. Vincent versuchte, nach dem Arm des Mannes zu treten aber dieser ließ sich davon nicht beirren. Austeja sah sich hektisch in dem kleinen Zimmer nach einem Gegenstand um, den sie zu Vincents Befreiung benutzen könnte. Ihr Blick fiel auf den kleinen Holzschemel und sie handelte schnell. „Nimm den Kopf runter Vincent!", brüllte sie ihm zu. Vincent zögerte keine Sekunde. Er nahm den Kopf, so gut es ging nach unten. Austeja holte Schwung und warf den Schemel kurzerhand durch die Klappe nach unten.

Der Soldat hatte den Fuß des Mannes nun mit beiden Händen fest im Griff. Die erste Stufe hatte er diesen bereits wieder nach unten gezogen. Seine Kameraden feuerten ihn an. „Lass ihn blos nicht los Musa." Hörte er seinen Kommandanten rufen. „Keine Sorge Chef, gleich hat er verlor...". Der Rest des Wortes ging in einem dumpfen Geräusch unter. Ungläubig sahen die Soldaten, wie ihr Kamerad bewusstlos die Treppe runterrutschte. Auf seiner Stirn klaffte eine große Platzwunde. Der Holzschemel neben ihm hatte ihn mit voller Wucht am Kopf getroffen.

„Macht die Klappe zu!", brüllte er. Fredrick und Austeja hatten nur darauf gewartet, dass er in Sicherheit war und schlugen sofort die Luke zu. Gemeinsam schoben sie den schweren Schrank wieder auf die Öffnung. Sie nahmen alles, was sie in dem kleinen Raum finden konnten und beschwerten den Ausstieg damit zusätzlich. Die wütenden Rufe der Soldaten drangen bis zu ihnen durch.

„Danke Austeja, das war echt knapp.", sagte Vincent. „Irgendwie müssen wir an den Biotube in der Suite gelangen um ihn in die Klinik zu bringen."

„Sir, ich gehe davon aus, dass wir dort erwartet werden.", gab Fredrick zu bedenken.

„Da hast Du sicher Recht Fredrick, aber ich habe da einen Plan."

Kapitel 29

Fredrick und Austeja verdrehten ungläubig ihre Augen. Vincents Plan war im besten Falle irrwitzig und klang mehr nach purem Selbstmord. Nach kurzem hin- und her hatte er sie jedoch, mangels Alternativen, überzeugt. Sie mussten sich beeilen. Im Schutze der Dunkelheit konnten sie unentdeckt aus der Zitadelle fliehen.

Die Streitmacht aus Soldaten und fanatischen *ISIS* Kämpfern hatten vor einer Stunde vom Oberst telefonisch das »Go« bekommen ihren Vormarsch fortzusetzen. Die kurdischen Grenztruppen wurden schnell von der Streitmacht überrumpelt. In wenigen Tagen würden sie die komplette Region in ihre Gewalt gebracht haben.

Der Oberst hatte drei seiner Leute, in Zivilkleidung, in der Lobby postiert. Auch wenn seine Identität nun keine Rolle mehr spielte, wenn man ihn entdecken würde. Er wollte jede unnötige Aufmerksamkeit vermeiden. Der kleine Trupp war mit unauffälligen Kommunikationssystemen ausgerüstet. Um lästigen Fragen zu entgehen, trugen alle gefälschte Dienstausweise der Polizei. Der Oberst hatte sich so positioniert, dass er den Lift im Auge behalten konnte. Wer auch immer hoch oder runter wollte, musste hier vorbeikommen. Sinclair hatte, ohne ihn genauer zu informieren, beschlossen etwas auf eigene Faust zu unternehmen.

Austeja, Fredrick und Vincent nahmen den Lieferanteneingang, der zur Tiefgarage führte. An diesem Eingang befanden sich weit weniger Sicherheitsmitarbeiter als an der Hauptpforte. Die Sicherheitsleute checkten das Fahrzeug wie gewohnt und ließen sie passieren. In der Tiefgarage angekommen erläuterte er den beiden nochmals kurz die Aufgaben und das Timing. Danach rannte von Löwenstein in Richtung des Personaleingangs und verschwand durch die offene Tür.

Vincent lugte in den Gang hinein, konnte jedoch niemand sehen. Er hörte eine leise geführte Unterhaltung aus der angrenzenden Küche. Er öffnete jede der Türen in dem Gang, bis er Kleiderkammer des Hotels gefunden hatte.

Austeja wartete im Auto, bis Vincent zurückkam und ihr ein Kleiderbündel gereicht hatte. Sie kletterte auf den Rücksitz und begann sich umzuziehen. Endlich konnte sie aus den viel zu großen Klamotten raus. Vincent hatte ihr die Privatkleidung einer Angestellten samt einer kleinen Schminktasche gebracht und war sofort wieder verschwunden. Mit Hilfe des Make-Ups konnte sie die immer noch geröteten Stellen auf ihrem Gesicht etwas verbergen. Danach lief Austeja aus der Tiefgarage und an dem Hotelgebäude entlang, bis sie an der großen Terrasse angekommen war, die direkt an die Pianobar angrenzte.

Direkt nach Austeja setzte sich Fredrick in Bewegung und lief ebenfalls aus der Tiefgarage um das Gebäude, jedoch in die entgegengesetzte Richtung, zum Haupteingang. Austeja wartete in der Tür zur Lobby, bis sie Fredrick am Eingang sehen konnte. Sie hielt sich, so gut es ging, hinter einer der großen Grünpflanzen versteckt. Der Oberst entdeckte als erstes den Butler. Per Funk gab er seinen Männern den Befehl, sich ruhig zu verhalten. Er war verwirrt. Warum kam der Mann so einfach durch die Lobby spaziert.

„Wartet auf mein Kommando, wenn er sich in Bewegung setzt, geht im einer nach." Kurz darauf sah er nach rechts, dort stand Austeja bereits vor dem Aufzug.

„Wo kamen die alle auf einmal her?" Es fehlte nur noch, dass der Graf pfeifend durch die Lobby spazieren würde. Während Austeja in aller Seelenruhe auf den Lift wartete überlegte der Oberst fieberhaft, was der Butler und die junge Frau vorhaben könnten. Er erteilte einem seiner Männer den Befehl, ihr zu folgen. Austeja hatte jedoch einen kleinen Vorsprung und die Türen des Liftes waren bereits geschlossen, bevor der Mann den Lift erreicht hatte.

„Ihr Zimmer ist im 16. Stock. Fahr ihr hinterher und wenn sie aus dem Zimmer kommt führe sie unauffällig ab.", sagte der Oberst. Die ersten beiden saßen in der Falle.

Der Oberst konnte sehen, dass Fredrick in der Lobby wartete und ihn genau wie die Frau, anscheinend nicht bemerkt hatte. Es lief jetzt doch einfacher, als er gedacht hatte. Nur das der Grafen noch nicht auf der Bildfläche erschienen war, bereitete ihm Kopfzerbrechen.

Als der Lift in ihrem Stockwerk anhielt, rannte Austeja, so schnell sie konnte in Richtung ihres Zimmers. Am anderen Ende kam ihr ein Hotelmitarbeiter mit Servierwagen entgegen.

Wie ihm der Oberst befohlen hatte, nahm der Soldat den nächsten Lift und fuhr in den 16. Stock. Die zierliche Frau würde keinen Ärger machen dachte er. Zur Sicherheit überprüfte er noch einmal seine Waffe. Der Aufzug hielt an, er stieg aus und ging in Richtung des genannten Zimmers. Auf halbem Weg kam ein Koch mit der typischen hohen, weißen Mütze, einen vollen Servierwagen schiebend, an ihm vorbei. Der Servierwagen war reichlich gedeckt und mit einer bis an den Boden reichenden Tischdecke bedeckt. Das Essen roch verführerisch und der Koch lächelte ihn im Vorbeigehen freundlich an. Vor der Zimmertür angekommen lauschte er mit einem Ohr an der Tür. Er meldete in sein Mikro, das er Position bezogen hatte.

„Sie ist glaube ich noch in ihrem Zimmer Oberst, was soll ich machen."

„Warte ein paar Minuten, sie wird sich sicher nicht zu lange Zeit nehmen. Der Butler wird schon langsam ungeduldig. Hat einer von euch schon den Grafen gesehen?" fragte der Oberst.

„Negativ!", kam es von allen Posten an ihn zurück.

„Haltet die Augen offen, er muss hier irgendwo sein!", sagte der Oberst. Irgend etwas stimmte hier nicht. Sein Bauchgefühl sagte ihm, das er auf der Hut sein musste.

Der Soldat im Hotelflur sah dem Koch nach, der gerade den Wagen in den Lift rollte.

Von Löwenstein öffnete die Tür zu seiner Suite. So schnell er konnte rannte er in das Arbeitszimmer und nahm das Schmuckkästchen mit dem Biotube von dem Kamin. Das Kästchen war es, was er unterbewusst wahrgenommen hatte. Auf dem Weg zum Lift kam ihm eine Idee und er rannte noch einmal kurz ins Bad.

„Was macht sie nur so lange in ihrem Zimmer?" Der Soldat wartete ungeduldig und legte nochmals sein Ohr an die Tür. Nichts. Kein Laut drang aus dem Zimmer. Er berechnete kurz wie viel Vorsprung sie vor ihm gehabt hatte. Der Gang war lang und es war zu weit zum nächsten Ausgang. Sie konnte unmöglich über das Treppenhaus verschwunden sein. Der zweite Lift mit ihm kam unmittelbar nach ihr an, so dass sie es niemals bis zu der Tür ins Treppenhaus geschafft haben konnte. Sie musste also in ihrem Zimmer sein.

„Sie ist immer noch nicht draußen und ich kann sie nicht hören Oberst. Da ist kein Geräusch in ihrem Zimmer. Doch Moment ich höre etwas." Er konnte deutlich hören, wie jemand an die Tür trat und diese öffnete. Der Soldat zog seine Waffe und sah Dr. Sinclair aus Austejas Zimmer kommen. Beide schauten sich überrascht an.

„Jetzt nimm schon die Waffe herunter Du Trottel oder willst Du dass jemand uns so sieht! Du bleibst in ihrem Zimmer und wartest hier auf sie." Sinclair hatte das Gefühl, das der Oberst nur Idioten in seiner Truppe haben musste. Er lief zum Aufzug und drückte den Knopf.

Von Löwenstein genoss das angenehme Gefühl der Anspannung in seinem Körper. Er überprüfte nochmals, dass er die Ampulle sicher verstaut hatte. Er hatte sie aus dem Biotube entnommen und die leere Hülle als falsche Fährte auf dem Tisch in der Suite zurückgelassen. Bis jetzt war alles nach Plan verlaufen. Der Lift hielt an und die Tür öffnete sich. Als er aufblickte sah er direkt in Sinclairs kalte Augen.

„Graf von Löwenstein, es freut mich, Sie bei bester Gesundheit anzutreffen." Noch wärend Sinclair sprach, zog er eine kleine Pistole aus seiner Hosentasche.

„Ich bedauere sehr mein lieber Graf, dass unsere Wege sich hier jetzt trennen werden. Aber vorher möchte ich Sie bitten mir den Biotube auszuhändigen."

„Doktor Sinclair, das ist das einzige Mittel das die Menschen hier vor dem sicheren Tod bewahrt. Das können Sie nicht von mir verlangen." Von Löwenstein blickte seinem gegenüber eindringlich in die Augen.

„Sie werden den Lauf der Dinge nicht mehr aufhalten können von Löwenstein. Machen Sie schon! Geben Sie mir den Behälter!"

Vincent blieb keine Wahl. Er öffnete seine Brusttasche, holte eine Glasampulle heraus und hielt sie Sinclair entgegen. Als dieser nach der Ampulle griff, hörte Vincent zwei dumpfe Schläge. Sinclair schienen die Augen aus den Höllen zu treten. Die Waffe fiel ihm aus der Hand. Um Atem ringend brach er auf dem Boden zusammen.

„Die ganze Sache gefällt mir nicht.", sagte der Oberst. Er wurde langsam nervös. Er hörte das unaufdringliche »Bing« des Lifts und blickte in Richtung der Tür. Er traute seinen Augen nicht. Im Aufzug stand die junge Frau, die sie suchten vor einem Koch mit einem Servierwagen. Daneben lag ein Mann schmerzverzerrt am Boden liegen. Was zum Teufel war hier los? Der Koch hatte sich helfend über den Mann gebeugt. Austeja lief in die Lobby. Sie winkte dem Oberst kurz zu. Dieser saß wie versteinert da, unfähig einen Befehl zu erteilen.

„Die Frau die wir suchen ist eben gerade aus dem Aufzug gekommen! Hast Du da oben geschlafen oder was!", knurrte er den Mann, der im 16. Stock Wache schob über Funk an.

„Das kann nicht sein. Ich bin in ihrem Zimmer Oberst und warte hier wie Doktor Sinclair mir befohlen hat.", sagte der Mann.

„Was geht hier vor?" Dem Oberst dämmerte, dass die Sache seinen Händen zu entgleiten drohte.

Gerade als sie wieder umkehren und mit Fredrick das Gebäude verlassen wollte, griffen die Männer des Oberst zu. Sie begleiteten beide diskret aus der Lobby heraus und führten sie aus dem Eingangsbereich an eine Parkbank.

„Setzen sie sich und machen sie keinen Ärger!", befahl ihnen einer der Soldaten.

„Wo ist der Behälter?", sagte der Mann zu Austeja.

„Welcher Behälter? Von was sprechen Sie?", sagte Austeja mit einem unschuldigen Engelsblick.

„Ersparen Sie uns das, ok. Stehen Sie auf!" sagte er an Fredrick gerichtet. Er durchsuchte den Mann und fand schnell den Behälter in der Tasche, die der Mann bei sich hatte. Der Soldat nahm das Kästchen an sich.

„Sie hat dem Mann ein Kästchen gegeben Oberst."

„Ok gut, öffne es und überprüfe den Inhalt.", befahl er dem Soldaten. Der Oberst stand immer noch in der Lobby und dachte angestrengt nach. Das alles war so offensichtlich vor seinen Augen abgelaufen. Wie ein Theaterstück dachte er. Irgend etwas stimmte nicht. Was war es nur? Der Oberst ging alles in Gedanken noch einmal durch. Der Butler wartete in der Lobby und lief auf und ab. Die Frau war erst verschwunden und dann stand sie auf einmal mit einem Koch im Aufzug. Ein Mann der Ähnlichkeit mit Sinclair hatte lag auf dem Boden. Wie konnte sie unbemerkt an dem Wachposten vor ihrer Tür vorbei und dann wieder in der Lobby auftauchen?

„Das Kästchen ist leer Oberst.", sagte der Mann in sein Mikrofon. Der Oberst hörte ihm in diesem Moment gar nicht zu. Der Koch! Köche servierten nicht das Essen auf die Zimmer. Das war dem Servicepersonal vorbehalten. Er war oft genug hier zu Gast, um das zu wissen.

„Vergesst die beiden. Kommt sofort zurück, das war ein Ablenkungsmanöver. Der Koch, findet den Koch.", brüllte er in sein Mikrofon.

„Ein Koch mit Servierwagen ist mir auf ihrem Gang entgegengekommen.", bestätigte der Mann, der vor Austejas Tür gewartet hatte."

„Idiot, sie war nie in ihrem Zimmer. Wahrscheinlich hat sie sich unter der Tischdecke versteckt.", regte sich der Oberst mehr über sich selbst auf. Schließlich war er genauso auf die Finte hereingefallen.

„Der Koch war garantiert von Löwenstein, der in aller Seelenruhe an Dir vorbeigefahren ist."

„Wir müssen den Grafen aufhalten! Schnell zur Tiefgarage!"

Der Oberst lief in der Lobby zum Treppenhaus und rannte die Stufen hinunter. Er würde dem Grafen eine Kugel verpassen dafür, dass er ihn so zum Narren gehalten hatte.

Die beiden Männer ließen Fredrick und Austeja einfach stehen und rannten um das Gebäude in Richtung Tiefgarage. Sie würden von Löwenstein den Fluchtweg versperren.

„Hoffentlich hat er genug Vorsprung Fredrick. Ich fand sie sind uns verdammt schnell auf die Schliche gekommen.", sagte Austeja mit sorgenerfüllter Stimme.

„Ja das ist wahr, sie waren schnell. Wir haben getan, was wir konnten. Jetzt liegt alles an Master Vincent." Fredrick ging zur Lobby und verlangte für sich und Austeja einen Wagen. Danach lief er in Richtung Lift. Er blickte sich zur Sicherheit noch einmal um, aber der Oberst und seine Männer waren bereits dem Grafen auf den Fersen.

Von Löwenstein wartete, bis die Aufzugtür aufging. Mit einem Blick auf die Anzeigentafel in der Mitte konnte er sehen, dass sich der zweite Lift bereits nach unten in Bewegung gesetzt hatte. Die Männer des Oberst würden ihm jeden Moment Gesellschaft leisten, darauf konnte er getrost verzichten. Er stieg über Sinclair, der immer noch schwer getroffen am Boden lag. Die Waffe hatte er im Aufzug schon an sich genommen. Beinah hatte er etwas Mitleid mit ihm. Austeja hatte ihm, mit zwei brutalen Schlägen, genau an die empfindlichste Stelle zwischen den Beinen, zu Boden gestreckt. Sinclair hatte keine Ahnung gehabt, dass sie sich unter dem Wagen versteckt hatte. Austeja hatte sehr hart mit ihrer Faust und ihrem ganzen Hass auf diesen Mann, brutal in dessen Hoden geschlagen. Von Löwenstein war schnell in der Tiefgarage angekommen und steuerte zielstrebig auf den parkenden Wagen zu. Er setzte sich hinter das Steuer und drehte den Schlüssel im Zündschloss um. »Krrrrrrrr, Krrrrrrrr« der Wagen machte nur ein klagendes Geräusch, sprang aber nicht an. Vincent trat kurz auf das Gaspedal und versuchte es erneut.

Ohne Erfolg.

Warum sprang der verdammte Wagen nicht an? Er konnte von der Zufahrt die lauten, schnellen Schritte und die Stimmen mehrerer Männer hören. Von Löwenstein konnte die Glasampulle in seiner Brusttasche spüren. Von hier unten gab es keinen Ausweg mehr. Er saß wie ein Hase in der Falle.

Kapitel 30

Der Oberst war mit einem seiner Männer unten angenommen. Wenn sie sich beeilen würden hätten sie vielleicht eine Chance, von Löwenstein in der Tiefgarage zu erwischen. In dem Lift lag ein Mann, es war tatsächlich Sinclair. Irgend etwas musste ihn hart erwischt haben, er lag immer noch gekrümmt auf dem Boden und brachte nur ein leises Wimmern heraus. Für den Oberst hatte dieser Mann keinen Wert mehr, er zog seine Waffe und schoss Sinclair kurzerhand zwei Kugeln in den Kopf. Ab jetzt würde er das Kommando übernehmen. Sie stürmten den kurzen Gang los in Richtung Tiefgarage und suchten fieberhaft nach dem Grafen. Der Oberst hörte das Geräusch eines Autos, das gestartet werden sollte.

„Von woher kam das?" Der Soldat zeigte mit der Hand in die Richtung, aus der er das Geräusch gehört hatte. Der Oberst sah keine 30 Meter von ihm entfernt den Grafen in einem silbernen *Mercedes* SUV sitzen. Ihre Blicke trafen sich. Er musste lachen, als er bemerkte, dass der Wagen offensichtlich nicht anspringen wollte.

„Verdammt!", fluchte Vincent. Ausgerechnet jetzt versagte der Wagen seinen Dienst. Er konnte den Oberst sehen, der gerade aus dem Gang gekommen war und ihn entdeckt hatte. Er machte sich gar nicht mehr die Mühe zu rennen. Vincent schlug aus Verzweiflung mit der Faust auf die Mittelkonsole.

»Whuuum, Whuuum« der Motor heulte auf und mit einem lauten Triumphschrei gab von Löwenstein Vollgas und preschte mit quietschenden Reifen in Richtung Ausfahrt davon. Die beiden Soldaten, die den

Weg um das Gebäude genommen hatten, kamen ihm auf der Ausfahrt entgegen und legten ihre Waffen an. Er hielt mit dem Wagen direkt auf sie zu. Auf dem schmalen Weg, gab es keine Möglichkeit auszuweichen.

Die beiden Männer sprangen direkt vor seiner Nase zur Seite und brachten sich in Sicherheit, um nicht von dem Wagen erfasst zu werden. Von Löwenstein hatte den Wagen mittlerweile so schnell beschleunigt dass er mit einem weiten Satz aus der Ausfahrt raste. Der SUV landete unsanft auf der Straße zum Lieferanteneingang, als die Karosserie auf dem Boden aufsetzte, sprühte ein Funkenregen von beiden Seiten davon. Vincent hätte nicht gedacht, dass ein SUV so schnell sein konnte. Es ging doch nichts über deutsche Autos mit anständig PS unter der Haube. Mit hoher Geschwindigkeit fuhr er auf das Wachhäuschen zu und raste durch die Plastikschranke, die krachend auseinanderbrach und durch die Gegend wirbelte. Die beiden Sicherheitsbeamten schauten völlig entgeistert auf den Wagen, der mit quietschenden Reifen entgegen der Fahrtrichtung auf die Fahrbahn gefahren war. Welcher Irre saß den da am Steuer? Sie riefen die Polizei an. Kurz danach kamen zwei weitere Fahrzeuge aus der Tiefgarage und verfolgten den Wagen.

Die Situation auf der Station übertraf alles, was Dr. Ayami bisher in seiner medizinischen Laufbahn erlebt hatte. Die Klinik und das Personal waren schon lange an ihrer Belastungsgrenze angekommen. Die Situation in den anderen Krankenhäusern war ähnlich kritisch. Die Krankenversorgung stand kurz vor dem Zusammenbruch. Es waren jetzt fast 600 infizierte Patienten, darunter die führenden Politiker, Militärs und Klinikchefs der Autonomen Region Kurdistan. Der größte Teil ihrer Truppen lag in den Kasernen, wo die wenigen verbliebenen Militärärzte sie so gut es ging versorgten. Das Ganze war ein Wettlauf gegen die Zeit geworden. Es würde sicher nicht mehr lange dauern, bis sie die ersten Toten zu beklagen hatten. Ein paar Pfleger zeigten ebenfalls Symptome einer Erkrankung. Das Gefühl der Hilflosigkeit brachte ihn fast um den Verstand. Er war Arzt geworden, um den Menschen zu helfen und jetzt musste er hilflos zusehen wie seine Tochter und all die anderen Patienten langsam sterben würden. Ayami saß in seinem Büro und weinte Tränen der Verzweiflung.

[12 Stunden nach Freisetzung]

Der Kommandeur gab seinen Truppen den Befehl zu halten. Sie waren am Rande der Talsenke angekommen, an deren anderem Ende Erbil lag. Der Sandsturm hatte sich gelegt und sie waren gut vorangekommen. Jetzt mussten sie auf den Befehl des Oberst warten, um auf Erbil vorzustoßen. In wenigen Stunden sollten die Soldaten Kurdistans durch den Virus kampfunfähig sein. Während seine Männer diszipliniert geblieben waren, hatten die *ISIS* Kämpfer jede Gelegenheit genutzt, um die Bevölkerung zu massakrieren. Unheimlich wehten die schwarzen Fahnen der Dschihadisten im Wind. Der Offizier hatte ein ungutes Gefühl, er sah grausame Zeiten auf sein Land zukommen.

Von Löwenstein war von dem Hotel in Richtung des ersten Straßenrings unterwegs. Dort rechnete er sich die größten Chancen aus, seinen Verfolgern zu entkommen. Sein verletzter Arm pochte. Der Oberst und seine Männer hatten mit ihren Limousinen schnell an Boden gut gemacht und sie scherten sich nicht um die anderen Verkehrsteilnehmer. Irgendwie musste er seine Verfolger abschütteln. In Sekundenschnelle ging er die ihm zur Verfügung stehenden Optionen durch. Er musste seine Verfolger, so lange es ging, an sich binden. Der Plan war gewagt und er setzte dabei sein Leben aufs Spiel, von Löwenstein wusste jedoch, dass es keine andere Möglichkeit gab.

Der Oberst dirigierte über Funk den zweiten Wagen auf eine Parallelstraße. Von dort konnten sie den Grafen in die Zange nehmen. Es hatte den Anschein, als wenn von Löwenstein ziellos durch die Gegend fuhr.

Die Männer im zweiten Wagen fuhren über die Umgehungsstraße wieder auf den Ring, auf dem sich der Wagen mit dem Grafen befand.

„Wir sind jetzt vor ihm Oberst.", gab der Beifahrer durch das Funkgerät durch.

„Fahrt so unauffällig wie möglich, bis er direkt hinter euch ist. Auf mein Kommando bremst ihr ihn aus. Dann nehmen wir ihn in die Zange. Wartet auf meinen Befehl!"

Ein Wagen der Verkehrspolizei stand auf dem Standstreifen. Die Beamten kontrollierten gerade die Papiere eines Fahrers. Nicht das sie auf Erbils Straßen kleinlich gewesen wären, ganz im Gegenteil. Aber bei besonders krassen Fällen von Rücksichtslosigkeit schritten auch sie ein. Ein Wagen raste gerade, mit hoher Geschwindigkeit, an ihnen vorbei. Kurz dahinter folgte eine Limousine. Sie warfen dem Fahrer, den sie gerade kontrolliert hatten, seine Dokumente einfach in den Wagen und nahmen die Verfolgung auf. Der Mann beschwerte sich lauthals über die unhöfliche

Behandlung und sammelte seine Sachen vom Wagenboden auf.

„Wagen 3 an Zentrale. Ich glaube da fahren ein paar Irre ein Rennen. Wir nehmen die Verfolgung auf. Am besten ihr schickt uns Verstärkung.", gab der Polizist durch den Funk weiter.

Der Wagen mit den Soldaten fuhr nun direkt neben von Löwenstein. Sie hatten sich geschickt an seine Seite zurückfallen lassen. Der Oberst hatte ihnen zwar befohlen zu warten, aber sie hatten die Schmach vom Mittag noch nicht vergessen. Sie hatten das schwächer motorisierte Fahrzeug, aber der Fahrer dachte sich, mit dem Überraschungsmoment auf seiner Seite, würde er es schaffen. Er umklammerte das Lenkrad, so fest er konnte. Der Fahrer lenkte kurz nach links und sofort hart nach rechts, um von Löwensteins Wagen von der Straße abzudrängen.

Vincent fuhr die Straße entlang. Völlig unvorbereitet steuerte auf einmal ein Auto von links in seinen Wagen und touchierte ihn. Nur mit Mühe konnte er das schwere Fahrzeug auf der Straße halten. In dem Wagen neben ihm konnte er einen der Soldaten erkennen, der sie mittags bereits verfolgt hatte. Er zeigte dem Mann den Mittelfinger.

Als der Fahrer erneut Anstalten machte ihn zu rammen, öffnete von Löwenstein kurzerhand das Fenster. Er zog die kleine Pistole, die er Sinclair abgenommen hatte und schoss auf den Vorderreifen des anderen Wagens. Die Kugel verfehlte zwar ihr Ziel, jedoch nicht ihre Wirkung. Der Fahrer des Wagens hatte vor Schreck das Lenkrad so hart nach links gerissen, dass er die Kontrolle über seinen Wagen verlor. Wild schlingernd krachte das Auto in eine Reihe parkender Fahrzeuge auf der anderen Seite der Straße. Jetzt hatte er nur noch einen Verfolger.

Die Straße vor ihm mündete in einem Kreisel. Der Verkehr wurde dichter. Er war gezwungen seine Geschwindigkeit zu reduzieren. Ein Wagen scherte direkt vor ihm ein. Um nicht eingekeilt zu werden fuhr Vincent nach rechts über den unbefestigten Seitenstreifen. Dort gab es allerdings keine Möglichkeit mehr weiter zu fahren. Große Kübel mit Palmen hinderten ihn an der Weiterfahrt. Von Löwenstein legte den Rückwärtsgang ein. Als er auf das Gas trat, stellte er fest, dass er blockiert wurde. Direkt hinter seinem Wagen stand der Wagen des Oberst und versperrte ihm den Weg. Sein Fluchtversuch war zu Ende.

Vincent sah den Oberst mit der Pistole in der Hand neben der Wagentür stehen. Er forderte ihn auf, aus dem Auto zu steigen. Langsam stieg er aus dem Wagen aus. Einer der Männer nahm Vincent die Pistole ab.

„Fast wäre ihnen die Flucht gelungen. Jedoch müssen Sie sich mir am Ende doch geschlagen geben." Der Oberst blickte ihn höhnisch an. „Für einen Bücherwurm, der normalerweise im Sand buddelt und dessen größte Herausforderungen die Mauern alter Burgen sind waren Sie sehr lästig."

„Ich nehme das Kompliment dankend an. Beinahe hätten die Muskeln über den Verstand gesiegt Mustafa Omar, oder soll ich sie besser Oberst Omar nennen.", sagte von Löwenstein.

„Was heißt da beinahe? Sie haben keine Chance mehr. Erkennen Sie ihre Niederlage an und übergeben Sie mir die Ampulle. Dann gewähre ich Ihnen einen schnellen Tot!" Der Oberst stieß ihn zornig vor die Brust und konnte dabei den Glasbehälter fühlen, den von Löwenstein in seiner Brusttasche hatte.

„Was haben wir denn da?", der Oberst wollte gerade die Brusttasche öffnen, als von Löwenstein sich aus seinem Griff löste.

Der Versuch war mehr eine Verzweiflungstat als eine ernstgemeinte Flucht. Der Oberst packte mit einer Hand nach ihm und Griff genau an den verletzten Arm. Der Soldat neben ihm versperrte seinen Weg und der Oberst presste ihn mit aller Gewalt gegen die Wagenseite. Deutlich konnte man Glas splittern hören. Durch die Wucht des Aufpralls war das Röhrchen in der Brusttasche von Löwensteins zerbrochen.

Als der Oberst ihn umdrehte, konnte man deutlich den Fleck auf dem Hemd erkennen.

„Oh, das tut mir aber Leid mein lieber Graf von Löwenstein. Wie konnte ich nur so ungeschickt sein. Jetzt ist die Ampulle mit dem Impfstoff hinüber. Wir sind jetzt also die einzigen die das Gegenmittel besitzen." Der Oberst brach in lautes Gelächter aus.

Als von Löwenstein den Oberst und die beiden Soldaten lachen sah begann er mitzulachen. Er musste so laut lachen, das er die anderen übertönte.

Der Oberst schaute irritiert zu von Löwenstein. „Was lachen Sie so dämlich?" Lachte er ihn etwa aus? Er ging einen Schritt auf ihn zu.

„Hören Sie augenblicklich damit auf!", befahl er. Als der Oberst direkt vor Vincent stand, vernahm er einen eigenartigen, süßlichen Geruch.

„Gefällt ihnen der Duft Oberst, *MAN Extrem von BVLGARI*. Der Glasbehälter, das war eine Probe von meinem Lieblingsduft." Von Löwenstein blickte dem Oberst fest in die Augen, dieser war kurz davor die Fassung zu verlieren.

„Wo ist die Ampulle mit dem Impfstoff?", die Stimme des Oberst überschlug sich fast. Er hielt Vincent die Waffe an den Kopf.

„Die Ampulle sollte mittlerweile wohlbehalten in der Klinik eingetroffen sein, mein lieber Oberst. Sie hatten Sie direkt vor ihrer Nase. Aber zum Glück sind Sie und Ihre Männer auf unser kleines Schauspiel hereingefallen. Gar nicht so schlecht für einen Bücherwurm oder?"

Der Oberst spannte gerade den Hahn seiner Waffe, als drei Wagen mit Blaulicht neben ihnen zum Halten kamen.

„Was ist hier los? Nehmen sie die Waffe runter!", rief einer der Polizisten. Seine Kollegen waren ebenfalls ausgestiegen. Der Oberst zückte seinen gefälschten Dienstausweis und sprach kurz ein paar Worte mit den Beamten. Danach gab er seinen Männern den Befehl einzusteigen. Sie waren in der Unterzahl und konnten es nicht riskieren, eine Schießerei mit der Polizei anzufangen. Das Blatt hatte sich gegen sie gewandt.

„Jetzt sind Sie aber ganz schön in Schwierigkeiten.", sagte der Polizist zu von Löwenstein und verhaftete diesen. Dieser Verkehrsrowdy würde eine saftige Strafe bekommen.

Kapitel 31

Austeja und Fredrick fuhren auf direktem Weg zur Klinik. Fredrick hatte die Ampulle zwischen einer dicken Lage Servietten verpackt auf dem Servierwagen vorgefunden. Dort hatte sie von Löwenstein versteckt, nachdem Austeja Sinclair niedergestreckt hatte. Es war zwar ein Risiko die Ampulle unbewacht auf dem Wagen zu lassen, aber es war ein Risiko, welches sie eingehen mussten. Es bestand immer die Gefahr, dass sie gründlicher durchsucht worden wären und dann hätten die Männer des Oberst die Ampulle in ihre Hände bekommen. Das Ablenkungsmanöver hatte genau so funktioniert, wie Vincent es geplant hatte.

Vor der Klinik hatte sich um den Empfangsbereich eine große Menschenmenge angesammelt. Die Sicherheitsbeamten mussten die Menge lautstark zurückdrängen. Fredrick verlangte Dr. Ayami zu sprechen. Eine der Wachen brachte ihn zum Zimmer des Doktors und klopfte an.

„Herein!", antwortete Ayami mit leiser Stimme. Schon beim ersten Anblick konnten Austeja und Fredrick erkennen, wie niedergeschlagen der Arzt war.

„Ich hoffe, wir kommen nicht zu spät Doktor.", sagte Fredrick und hielt dem Arzt die Ampulle hin.

Doktor Ayami erwachte schlagartig aus seiner Lethargie. Er nahm die Ampulle vorsichtig entgegen und eilte auf die Station. Er musste sicherstellen, dass alle Patienten, so schnell wie möglich, das Gegenmittel erhalten würden. Ayami würde zu jedem Hospital jeweils weiter aufbereitete Impfdosen schicken. Nachdem er im Labor die notwendigen Vorbereitungen getroffen hatte, verabreichte er seiner Tochter die erste Injektion. Jetzt konnten sie nur noch abwarten, ob das Gegenmittel rechtzeitig wirken würde.

Fredrick nahm den Hörer und wählte die Nummer der Polizei. Der Beamte am anderen Ende der Leitung konnte ihm bestätigen, dass die Verkehrspolizei einen Mann mit dem Namen »von Löwenstein« verhaftet hatte. Er würde die Nacht in Gewahrsam verbringen müssen, sagte der Beamte am Telefon. Fredrick bedankte sich und legte wieder auf.

„Master Vincent wird heute nacht sicher weniger komfortabel nächtigen als sonst.", sagte er zu Austeja.

Vincent lag zu diesem Zeitpunkt bereits tief schlafend auf einer unbequemen Zellenpritsche. Die Ereignisse der letzten Tage zollten nun ihren Tribut.

Der Kommandeur der Streitmacht nahm den Befehl des Oberst mit versteinerter Miene entgegen. Er hatte ihnen gerade telefonisch den Rückzug befohlen. Ihr Plan war gescheitert. Die kurdischen Truppen würden nicht, wie geplant, in großer Anzahl an dem Virus erkrankt sein. Schon bald würden die Peschmerga sich zur Verteidigung formiert haben. Jetzt galt es so schnell wie möglich wieder irakisches Gebiet zu erreichen. Die *ISIS* Schergen würden unverrichteter Dinge nach Syrien zurückkehren müssen.

Outro

Innerhalb weniger Stunden war der Spuk genauso schnell vorbei, wie er gekommen war. Nachdem die Kliniken begonnen hatte alle Infizierten zu impfen, erholten sich die meisten Patienten recht schnell wieder.

Von Löwenstein hatte man, direkt nachdem er aufgewacht war, aus seinem Arrest entlassen. Zwei Tage später wurde der Graf zum Regierungssitz eingeladen. Präsidenten *Barzani* dankte ihm, im Namen seines Landes und des kurdischen Volkes. Der Name von Löwenstein würde ab jetzt immer mit der Freiheit und Unabhängigkeit der Kurden in einem Atemzug genannt werden.

Die beteiligten irakischen Kommandeure, derer man habhaft wurde und der Oberst wurden vor ein Kriegsgericht gestellt. Es war ihm nicht gelungen, aus Erbil zu entkommen. Die Kommandeure bekamen hohe Gefängnisstrafen. Der Oberst wurde des Hochverrats für schuldig befunden und man verurteilte ihn zum Tod durch den Strang. Die Schergen der *ISIS* hatten ihre Angriffe auf irakisches Gebiet kurz danach fortgesetzt und befanden sich schon bald vor den Toren Bagdads. Der Irak würde lange nicht zur Ruhe kommen können. An kurdisches Gebiet wagten sie sich vorerst nicht mehr heran. Der Schlagkraft und dem Mut der Peschmerga Kämpfer hatten sie nichts entgegenzusetzen.

Vincent hatte sich vor seiner Abreise mit Austeja in einem ausgezeichneten libanesischen Lokal etwas außerhalb von Erbil getroffen. Danach hatte er sich im *Divan* von ihr verabschiedet, natürlich nicht ohne sie vorher auf Burg Löwenstein einzuladen. Müde und erschöpft stiegen der Graf und Fredrick am Gate in die wartende *Lufthansa* Maschine. Es war Zeit, nach überstandenem Abenteuer wieder nach Hause zu fliegen.

Der kleine Roni hatte die letzten beiden Tage brav vor der Haustür auf seinem Hocker gesessen und mit dem Buch in der Hand auf seinen Vater gewartet. Seine Mutter machte sich große Sorgen um ihr Kind, denn der Kleine vermisste seinen Vater sehr. Man hatte Beram Mohammed zwar aus dem Komplex befreit, aber aus Sicherheitsgründen hatte man ihn erst untersuchen müssen. Als er von dem Krankenwagen an dem Weg, der zu seinem Haus führte, abgesetzt wurde, konnte er bereits den kleinen Jungen sehen, der freudestrahlend »Papa« rufend auf ihn zu gerannt kam. Tränen der Freude liefen ihm beim Anblick seines Sohnes die Wangen herunter. Beram sank auf die Knie und sein geliebter Sohn fiel ihm, mit seinen zarten Ärmchen festhaltend, um den Hals. Das abgegriffene Lesebuch mit der Drachengeschichte hielt er dabei fest in seiner kleinen Hand.

ENDE

Anhang

CEO – Chief Executive Officer, Vorstandsvorsitzender einer AG

DSSE – Defensive Systems & Energy Extraction

Autonome Region Kurdistan – autonomes Gebiet der Kurden im Irak. Mit eigenem Parlament mit Sitz in Erbil und eigenen Streitkräften (Peschmerga)

Saddam Hussein – ehemaliger irakischer Staatspräsident

Heckler & Koch – deutscher Waffenhersteller

ISIS – Islamischer Staat im Irak und Syrien (sunnitisch-islamistische, terroristische Vereinigung)

Peschmerga – Streitkräfte der Autonomen Region Kurdistan, auch KDF (Kurdisch Defence Forces)

Masoud Barzani – Präsident der Autonomen Region Kurdistan, Vorsitzender der Demokratischen Partei Kurdistans (PDK)

Friedrich I. – Beiname Barbarossa, ehemaliger Staufer Kaiser des Heiligen Römischen Reiches

Sandhurst – Royal Military Academy Sandhurst (Königliche Militärakademie), Ausbildungsstätte für britische Offiziere

Iraq Medicare – eine der größten Medizinmessen im Middle East

Biopreparat - ehemalige sowjetische Behörde für biologische Kriegsführung. Bestand aus einem Netzwerk geheimer Labore, von dem jedes einen anderen, tödlichen Wirkstoff produzierte. Unter anderem gehörte VECTOR (Staatliches Forschungszentrum für Virologie und Biotechnologie) dazu.

NSA – National Security Agency (US Geheimdienstbehörde)

UNESCO – Organisation der Vereinten Nationen für Bildung, Wissenschaft und Kultur

DAI – Deutsches Archäologisches Institut

B.B. King – amerikanische Bluesmusiklegende

Gregory Porter – amerikanischer Jazzinterpret

INIS – Iraqi National Intelligence Service, (irakischer Geheimdienst)

Baschar al-Assad – syrischer Staatspräsident

ETTC - European Technology and Training Center

Dr. Walter Steinmeier – ehemaliger deutscher Außenminister

MOH – Ministry of Health (Gesundheitsministerium)

PDK - Demokratische Partei Kurdistan

PUK - Patriotische Union Kurdistan

Quad Talabani - stellvertretender Premierminister im Kabinett Barzanis. Sohn von Dschalal Talabani, dem ehemaligen irakischen Staatspräsidenten und Vorsitzendem der PUK

Kaftan – orientalisches Gewand, meist aus Wolle oder Seide, das um die Hüfte gegürtet getragen wird

Kufiya – von Männern getragenes Kopftuch, auch als „Palästinensertuch" bekannt

DWI – Deutsches Wirtschaftsinstitut Irak

Asayesh – Kurdischer Inlandsgeheimdienst

KGB - ehemaliger sowjetischer In- und Auslandsgeheimdienst

Danksagung

Die Geschichte „Das Geheimnis der Zitadelle" ist ein Produkt meiner Phantasie. Bis auf historische Figuren sind alle weiteren Personennamen von mir frei erfunden, eventuelle weitere Übereinstimmungen sind zufällig und nicht beabsichtigt. Die genannten Länder, Städte und Gebäude, die in dem Buch vorkommen oder genannt werden, existieren größtenteils. Ob es tatsächlich einen Tunnel unter der Zitadelle gibt kann ich nicht sagen. Ich lege Wert auf die Feststellung, dass ich bei meinen zahlreichen Reisen in den Middle-East, sehr viele nette und gastfreundliche Araber, Perser und Kurden kennen gelernt habe. Es liegt mir daher fern, mit meiner Geschichte, die Gefühle einer dieser Ethnien oder eine Religionsgemeinschaft zu verletzen.

Bei der Entstehung dieses Buches haben mir zahlreiche Menschen mit Rat und Tat zu Seite gestanden. Ihnen allen gebührt mein Dank für viele endlose Gespräche. Ich danke meiner Familie, die bei all meinen Ideen immer treu zu mir steht. Vor allem meiner Frau, die es nicht immer leicht hat mit einem Tagträumer wie mir und trotzdem immer an mich glaubt.

Darmstadt, im Juli 2017